Die Untoten

Arnulf sechstes Abenteuer

Eine Geschichte aus Bergisch-Bachland

Personenregister

Arnulf – Freiherr von Bergisch-Bachland

Anka – Schamanin der Berge, Schwester von Arnulf

Antje – Arnulfs Frau

Leif – der Steinmetz von Seiberand

Hansen – ein alter Fährtensucher

Der junge Harthmudt – ein hervorragender Bogenschütze

König Wulfenghar

Königin Sylvia

Eukidemosz – ein Baumeister und seine Gehilfen

Hagenar – Bruder des Königs

Der ehemalige Erste Sekretär

Martens – ein Bettler

Gert – ein toter ehemaliger Soldat

ER – der Tod

Chordar – der Hüter der Pforte zur Ewigkeit

Azerbur – Zauberer, der aus der Vergangenheit heraufbeschworen wurde

Die Drachengarde des Zauberers

Nahseth – der Jäger des Todes

Osween – Ein Drachenreiter aus der Vergangenheit

Jildhrell – Die Hexe der Bergelfen

Unerwarteter Besuch

Das Laub begann sich zu färben. Der heiße Sommer war endlich an seinem Ende angekommen; es wurde Herbst.

Am Morgen lag dichter Nebel über dem Land und dämpfte alle Geräusche.

Der Mann, der im ersten Licht des Morgens langsam nach Seiberand schlich, sah ziemlich zerlumpt aus. Er hinkte auf dem linken Fuß. Man sah auf den ersten Blick, dass er ein Bettler war. Dagegen konnte man nicht sofort erkennen wie alt er war. Sein Gesicht wurde von einem struppigen Bart verdeckt.

Der Bettler lief langsam den nebelverhangenen Weg entlang und sah sich die Hütten genau an. Er schien dabei immer darauf gefasst zu sein, beschimpft und anschließend mit einem Knüppel verjagt zu werden. Doch das konnte ihn nicht davon abhalten weiter durch Seiberand zu laufen. Es war ohnehin kaum ein Geräusch aus den Hütten zu hören.

Ein Beobachter wäre wohl überrascht zu sehen, dass er die Hütten abzählte.

Seinem Gesichtsausdruck nach, hatte er offensichtlich eine wichtige Mission zu erfüllen.

Die wenigen Dorfbewohner, die ihn bis jetzt bemerkten, hatten ihn einfach ignoriert. Sie gingen ihm aus dem Weg als sähen sie ihn gar nicht. Sie hatten selbst nicht allzu viel für ihr Leben, da blieb nichts über, um es zu verschenken. Man konnte ja auch nicht wissen, was dieser Herumtreiber für Krankheiten im Gepäck hatte.

Leif, der Steinmetz, konnte ihm jedoch nicht aus dem Weg gehen. Seit er einen Klumpfuß hatte, war er nicht besonders schnell unterwegs. Das war früher anders gewesen, doch eine schwere Steinplatte war ihm bei der Arbeit aus Unachtsamkeit auf seinen Fuß gestürzt und hatte ihn zerschmettert.

Ihm blieb also nichts anderes übrig, als den Bettler aufzufordern, auf Abstand zu bleiben. Der Bettler kam dem nach, denn Leif hatte einen soliden Knüppel in der rechten Hand. Er würde diesen Knüppel auch benutzen, was es ihm nötig erschien.
Der Bettler stellte ihm jedoch eine unerwartete Frage. Leif sah ihn verblüfft an.
Diese abgerissene Gestalt wollte wissen, ob er den Fährtensucher Arnulf kannte.
Der Steinmetz hinkte einen Schritt auf den Bettler zu.
"Woher kennst du den Fährtensucher mit der weißen Strähne?"
"Ich hab einiges über ihm gehört. Er soll schon einmal im Reich der Toten gewesen sein."
Die zerlumpte Gestalt schien selbst nicht besonders überzeugt von seiner Ausführung. Er sah vorsichtig abwartend auf Leif, der mit sich zu ringen schien. Die einfachste Lösung wäre, den Bettler zu verscheuchen und wieder an die Arbeit zu gehen. Aber bei dem Fährtensucher ein paar Häuser weiter, gab es keine einfachen Lösungen. Über ihn wurden im Dorf die unglaublichsten Geschichten erzählt.
"Du bleibst genau hier stehen, ich sehe nach ob er schon auf ist! Du hast mich doch verstanden?"
Leif schwenkte vielsagend seinen Knüppel. Dann humpelt er einige Hütten weiter und klopfte behutsam an die Tür.
Antje, die Frau des Fährtensuchers, öffnete die Tür und sah Leif fragend an. Der erklärte kurz die Sachlage.
Arnulf hatte das Gespräch in der Hütte mitgehört und kam mit freiem Oberkörper heraus. Leif zeigte ihm den Bettler, der fluchtbereit ein Stück weiter auf dem Weg stand. Der Fährtensucher nickte und begab sich wieder in seine Hütte um sich anzukleiden.
Als er seine Morgenwäsche beendet hatte ging er dann mit energischen Schritten auf den Bettler zu.

Das empfand die abgerissene Gestalt beinahe bedrohlich und wendete sich zur Flucht. Arnulf stand aber schon neben ihm und sah ihn durchdringend an.
"Es ist gütig von Euch, mich anzuhören. Aber die Geschichte dieses Landes könnte eine schlimme Wendung nehmen, wenn niemand etwas unternimmt", sagte der Bettler und sah Arnulf bekümmert an.
Arnulf wies auf einen Holzklotz, auf den sich der Bettler setzen sollte. Antje brachte ein Stück Brot und einen Becher Wasser.
"Ihr seid mit einer guten Frau gesegnet, Herr", schmeichelte der Bettler und verschlang den Kanten in kurzer Zeit.
"Wie ist dein Name", fragte Arnulf ungeduldig. Der Bettler stand artig auf, um sich vorzustellen. Er warf dabei einen flüchtigen Blick auf die weiße Strähne über Arnulfs Stirn und schien dann irgendwie beruhigt.
"Ich bin Martens, früher habe ich in der Nähe vom Tannenbach gelebt, auf der anderen Seite des Berges."
"Ich weiß wo der Tannenbach ist", knurrte Arnulf ungeduldig
"Ihr habt ja Recht Herr, als Fährtensucher kennt Ihr Weg und Steg, vergebt mir."
Arnulf winkte ab. Er macht eine auffordernde Handbewegung, damit er nun erfuhr was der Mann auf dem Herzen hatte.
"Es war vor drei Nächten, ich übernachtete in einer abgebrannten Scheune etwas weiter oben am Hirschhain. Dort hatte ich ein kleines Feuer und einen Hasen am Spieß, als es auf einmal richtig kalt wurde. Ich meine, nicht so wie in der Nacht, versteht ihr mich Herr? Es wurde so kalt, das es in die Knochen zog und ich mich nicht mehr bewegen konnte!"
Arnulf verzog das Gesicht, was sollte das für eine Geschichte werden? Er hatte am frühen Morgen noch wenig Verständnis für solche Prosa.

"Ihr müsst mir glauben! Dann stand er vor mir, der Gert mit den krummen Beinen. Nur das der Gert schon mindestens drei Winter tot war! Versteht Ihr was ich sage? Ein Toter stand vor mir. Der Gert war damals kurz vor dem Frieden an den Vier Wegen von zwei Lanzen durchbohrt worden. Er starb für unseren König! Ich hatte es selbst mit angesehen! Und der stand vor mir, wie Ihr jetzt Herr. Er sprach von schlimmen Dingen, die bald geschehen werden."
"Willst du hier die Kinder erschrecken? Werde etwas genauer! Von was für Dingen sprach er?"
Die Ungeduld nagte an dem Freiherren. Er wollte sich hier am frühen Morgen kein Ammenmärchen auftischen lassen. Allerdings hatte er vor kurzem an der beschriebenen Stelle ein Lager entdeckt. Es war durchaus möglich, das von dort aus Seiberand beobachtet worden war.
"Er sagte, der Wächter der schwarzen Pforte lässt Niemanden durch. Er stellt eine eigene Armee auf, und jeder der gegen sie kämpft, macht sie stärker."
Das klang für Arnulf logisch. Jeder Gefallene, war ein Neuzugang für die andere Armee, wenn es sie gab. Eine Armee von Toten!
"Was will Chordar, der Hüter der Pforte, damit erreichen", fragte er den Bettler um seine Geschichte zu beschleunigen. Er wusste natürlich wer Chordar war.
"Die Untoten werden die Lebenden beherrschen hat Gert mir gesagt. Eltern werden ihre Kinder quälen!"
"Das wird Der Tod nicht zulassen, es würde die Ordnung der Dinge zerstören!"
"Darüber weiß ich nichts, Herr. Aber es wird bald geschehen!"
Arnulf sah Martens nachdenklich an. Was, wenn ihn jemand zum Narren halten wollte?
"Willst du noch etwas zu essen?"
Der Bettler sah ihn überrascht an und überlegte kurz.

"Habt ihr eine alte Decke, Herr? Sie würde mir mehr helfen, als alles andere."
Antje suchte eine Weile und kam schließlich mit einer recht mitgenommenen Decke. Der Bettler nahm sie dankbar entgegen.
Er erhob sich bald darauf von dem Holzklotz und verabschiedete sich.
"Ich hoffe, Ihr könnt dagegen etwas tun, Herr. Gert hatte gesagt, Ihr habt selbst schon einmal an der Pforte gestanden. Er hat euch dort selbst gesehen!"
Arnulf wusste nicht, ob er es bedauern sollte, sich nicht daran zu erinnern.
Er wartete einige Minuten. Er wollte den Bettler verfolgen, um zu sehen ob er allein war. Antje sah ihn ängstlich von der Seite an.
"Was, wenn die Geschichte stimmt? Was vermag schon ein Mensch dagegen zu tun?"
Das konnte der Freiherr ihr nicht beantworten.
"Ich werde einige Leute fragen müssen", antwortete er einsilbig. Es gab in diesem Land keine Ruhe für ihn! So etwas in der Art hatte ihm vor gar nicht langer Zeit die Elfenhexe Jildhrell prophezeit!
Er machte sich gemächlich auf den Weg. Was hatte es für einen Zweck sich zu hetzen, wo es doch um die Ewigkeit ging?
Er wollte nicht, dass der Bettler ihn bemerkte.
Arnulf folgte ihm den ganzen Tag. Der Bettler wechselte später auf den neuen Postweg. Er sah nicht so aus, als wenn er sich verfolgt fühlte.
Martens bettelte jeden an, auf den er traf. Aber seine Geschichte behielt er für sich. Er weihte niemanden weiter in sein Wissen ein.
Arnulf verfolgte Martens weiter bis zum Anbruch der Nacht. Es bereitete ihm keinerlei Probleme ihm auf der Spur zu bleiben. Aber vielleicht war das ja auch die Absicht des Bettlers!

Schließlich begann Nebel im Wald aufzusteigen. Arnulf war gut angezogen, so war er gegen die feuchte Kälte gewappnet. Er behielt den Bettler weiter im Auge.
Martens hatte sich wohl schon vorher am Rande einer Lichtung, in einer schon halb zerfallenen Strohmiete ein Nest für die Nacht gebaut. Er starrte abwartend in die zunehmende Dunkelheit. Die Vermutung lag nahe, dass er auf jemanden wartete.
Dann hörte der Fährtensucher leises Sprechen. Er musste näher heran, um etwas zu verstehen. Schlangengleich näherte er sich der Strohmiete. Eine Eule rief bedeutungsschwanger von ihrem Aussichtspunkt.
"...ja Gert, ich hab ihm alles so ausgerichtet. Genau wie du es gesagt hattest!"
Martens sah ängstlich aus. Leider verstand Arnulf den Unsichtbaren nicht.
"Aber was kann ein Mann gegen Chordar ausrichten? Er wird genau wie du, zu einem Untoten. Und er ist ein schrecklicher Krieger, habe ich gehört. Er kann sogar mit fliegenden Steinen sprechen!"
Arnulf zog sich vorsichtig zurück. Er musste dringend seine Schwester aufsuchen! Sie würde wissen, wie man mit Untoten umzugehen hatte. Das hoffte er jedenfalls. Sie würde auch sicherlich wissen, was an der Pforte zur Unendlichkeit geschah. Sie wusste eigentlich immer alles was in den Bergen geschah.

Es war kurz vor Mitternacht, als er an die morsche Tür seiner Schwester klopfte. Es dauerte eine Weile bis sie ihn zum Hereinkommen aufforderte.
Er hatte sich erst am späten Abend auf den Weg zu ihr gemacht. Seine Nachforschungen waren ohne wirkliche Ergebnisse geblieben.

"Braucht der Freiherr einen Trank zum Einschlafen, oder einen zum Vergessen", fragte Anka sarkastisch. Ihr Bruder hatte nicht den Eindruck willkommen zu sein.
"Hat Nahseth seinen Schatten bis nach Seiberand geworfen", fragte sie verdrießlich, als sei dies das normalste der Welt. Nahseth, dem Jäger des Todes, hatte er dankenswerterweise noch nicht getroffen.
"Was weißt du über die Untoten", fragte Arnulf ungerührt, seine Schwester konnte ihm keine Angst machen!
"Oh, der Hüter der Pforte fordert das Leben und den Tod heraus", sagte sie geheimnisvoll.
"Das kann niemand", antwortete der Fährtensucher mit Bestimmtheit.
"Woher willst du das wissen?" Sie lächelte ihn vielsagend an. "Er hat sich einen Platz geschaffen, nicht mehr das Leben, aber auch noch nicht der Tod! Chordar hat das Wissen von Leben und Tod. ER hat ihn nicht daran gehindert es zu nutzen, als es noch möglich war!"
"Und jetzt kann ER es nicht mehr?"
Sie sah an die Decke ihrer Hütte und lächelte. "Im Augenblick jedenfalls nicht, wie es aussieht."
Anka entzündete einige Kerzen, die sie vorher sorgfältig auswählt hatte. Die Schamanin machte dabei ein ernstes Gesicht.
"Wir wollen sehen, ob Nahseth jetzt nicht gerade hier weilt und uns zuhört." Anka senkte die Stimme zu einem Flüstern.
"Wir würden es an der Kälte merken, die er ausstrahlt", sagte Arnulf. Er hatte das einmal jemanden sagen hören.
"Was du so alles weißt", stellte seine Schwester mit einem schelmischen Lächeln fest. Ihr Blick richtete sich wieder auf die Kerzen.
"Er ist in der Nähe!"

Die Flammen zeigten alle in eine Richtung. Automatisch drehte sich Arnulf in die Richtung.
"Du siehst in die falsche Richtung", wies ihn Anka zurecht. "Die Flamme wendet sich von ihm ab! Wenn du jetzt in die Dunkelheit hinausgehen würdest, könntest du ihn sehen."
Sie sagte es sehr leise. Sorge schwang in ihrer Stimme, denn ihr Bruder war zu solchen folgenschweren Gedankenlosigkeiten fähig! Das hatte er schon einige Male bewiesen.
Die Tür öffnete sich langsam, dabei knarrte sie entsetzlich. Arnulfs Hand glitt ganz von allein zum Griff des Schwertes. Eine Gestalt, ganz in einen grauen, uralten Umhang gehüllt trat langsam herein. Das Gesicht war zunächst fast bedeckt. Mit einem Ruck wurde der Umhang zurückgeworfen. Anka war aufgesprungen. Sie hatte ihren Schamanenstab kampfbereit in der Hand.
Ein helles, angenehmes Lachen füllte überraschend die windschiefe Hütte. Es kam aus dem Mund einer jungen Frau, die den Umhang von sich geworfen hatte. Wollte jemand sie zum Narren halten?
"Von einer Schamanin mit deinem Ruf hätte ich mehr erwartet", erklärte sie etwas überheblich.
Anka sah sie entsetzt an, fasste sich dann aber schnell. Sie hielt ihren Schamanenstab immer noch kampfbereit in der Hand.
"Du bist der Jäger?" Sie sah ungläubig auf die in dem fließenden Schatten sich manifestierende Frau.
Arnulf sah die beiden verwirrt an. Was war ihm gerade entgangen?
"Hallo Arnulf, wir haben uns schon einmal kurz gesehen, erinnerst du dich?" Ihre Frage war spöttisch gestellt und bedurfte wohl keiner Antwort.
Anka hatte sich wieder gefasst und stellte trotzig ihren Stab an die Wand.
"Darf ich dir Nahseth, den Jäger vorstellen", sagte sie zu ihrem Bruder. Sie klang dabei nicht so selbstsicher wie sonst immer.

Arnulf nickte der schattenhaften, schwer zu erkennenden Frau der Form halber kurz zu. Natürlich hatte auch Arnulf diesen Namen schon einmal gehört. Doch neben diesem Schatten zu sitzen war schon eine Herausforderung.
"Macht euch keine Umstände wegen mir."
Nahseth schwebte ruhig über dem Boden der Hütte, der gleich darauf eine unerklärliche Kälte ausstrahlte.
"Wie du schon gesagt hattest, wir haben ihn nicht daran gehindert. Doch Chordar ist zu weit gegangen! ER möchte seinen Kopf und das möglichst schnell. Ich darf also jede Unterstützung holen, die ich brauche. Natürlich aber nur ausnahmsweise, weil die Zeit drängt."
"Er braucht Unterstützung von denen, die noch ein Herz besitzen? Das kann ich einfach nicht glauben!" Anka sah sie misstrauisch an. Ihre Stimme schien sich in der Ewigkeit zu verlieren.
"Du solltest meine Worte nicht in Zweifel ziehen, Schamanin", sagte die Frau nun mit einer ganz anderen Stimme, die direkt aus einem Grab zu kommen schien. Wo sie eben noch saß, war nun ein schnell wachsender schwarzer Schatten, der noch mehr Kälte ausstrahlte.
Arnulf fühlte wie diese Kälte von ihm Besitz ergriff. Er fing an zu zittern und konnte sich kaum noch bewegen.
Mit einem Stoß ihres Stabes auf den Boden lies Anka ihr Feuer höher lodern. Arnulf stockte der Atem als er nun auf den Schatten sah. Es musste eine Gestalt aus der tiefsten Unterwelt sein! Ein heiseres Lachen hallte in der Hütte wieder.
"Ich wollte euch einen Gefallen tun, als ich die Gestalt dieser Kämpferin annahm. Im Allgemeinen sind die Lebenden etwas erschrocken, wenn sie meine Gestalt sehen."
Nahseth schien zum Scherzen aufgelegt zu sein.
"Sie ist schon gut 500 Jahre bei uns. Aber sie hatte mich damals sehr beeindruckt. Wenn es nach mir gegangen wäre, hätte sie nicht

so früh das Tor durchschreiten müssen. Aber ER wollte es aus irgend einer Laune heraus."
Es klang fast entschuldigend. Der Schatten, der Nahseth der Jäger gehörte, hatte wieder das Aussehen des Mädchens angenommen. "Ich nehme an, das gefällt euch etwas besser."
Arnulf nickte erleichtert. Er war bestimmt kein ängstlicher Mann, doch für alles gab es auch eine Grenze.
"Wie sollten wir Sterblichen dir helfen können", fragte Anka schließlich nach einer Zeit des atemlosen Schweigens.
"Wir brauchen jemand im Licht. Einer, der die Helfer Chordars ausfindig machen kann!"
"Warum sollte ein Lebender so dumm sein und sich mit dem Hüter der Pforte verbünden", fragte Arnulf interessiert. "Chordar kann und darf keinen Menschen eine Ewigkeit vor dem Tor verweilen lassen!"
"Er kann einiges tun, bevor er die Pforte öffnet", erwiderte der Jäger ungeduldig, als habe er ein begriffsstutziges Kind vor sich. "Er ist in letzter Zeit etwas eigensinnig! Und dazu ist er auch nachlässig geworden und es gelang einigen Toten wieder aus der Ewigkeit zurück ins Leben zu kommen! Ich musste sie wieder zurückholen!"
"Also gibt es Jemanden, der Einfluss auf ihn ausübt", fragte Arnulf, denn dieser Schluss lag ziemlich nahe.
"Er kann jeden Menschen fast eine Ewigkeit dort belassen, wenn er es möchte, ohne dass ER es weiß. Er könnte Menschen fast unsterblich machen! Das wäre für einige von euch, die noch ein Herz tragen, ein kleiner Anreiz. Das müsstest du doch wissen, Freiherr!"
Er betonte den Titel auf eine unangenehme Art. Arnulf war verwundert, dass sich das bis in die Welt der Toten herumgesprochen hatte. Er hatte keine Ahnung wie er das bewerten sollte.

Seine Frage war damit aber nicht wirklich beantwortet worden.
In Arnulfs Kopf entspann sich ein Kaleidoskop von Möglichkeiten. Beinahe ewige Herrschaft über ein Reich. Ein Ansammeln von Wissen über Jahrhunderte, an dessen Ende dann der Tod vielleicht doch überwunden werden könnte.
Es gab in einigen Zauberern und Alchemisten diesen Wunsch, dessen war er sich sicher. Einen Gegner den man nicht töten konnte. Er würde das Gefüge der Welt zerstören. Zeit würde keine Bedeutung mehr haben. So jemand würde zum Chronist der Welt werden. Alles um ihn herum würde entstehen und zu Staub zerfallen, ohne das ihn das beträfe. Er würde das Geheimnis des Lebens ergründen, den Göttern sehr ähnlich, von denen einige behaupteten, dass es sie wirklich gab.
Nahseth sah den Fährtensucher mit Interesse, ja fast mit Wohlwollen an. Dieser Freiherr schien ein verständiger Bursche zu sein.
"Ich sehe, du verstehst langsam die Tragweite des Plans. Chordar will über den Tod triumphieren!"
"Wirst du meinen Bruder schützen", fragte Anka drängend. Sie war in Sorge um ihn.
"Ich werde immer in der Nähe sein, genau wie du Schamanin. Es ist deine Aufgabe, das Leben zu schützen. Denk daran, was du den Elementen in der Unheimhöhle geschworen hast!"
Es war Arnulfs Schwester sichtbar unangenehm, das Nahseth dieses Ritual vor ihrem Bruder erwähnte. Die Schamanenrituale waren sehr geheim und auch nicht für die Ohren ihres Bruders bestimmt.
Eine Initiierung in der Unheimhöhle überstand nicht jeder Mensch. Auch nicht, wenn er reinen Herzens war.
Arnulf war nun klar, dass er sich dieser Aufgabe gar nicht verweigern konnte. Er hatte schon seit dem Auftauchen des

Bettlers keine Möglichkeit gehabt abzulehnen. Er empfand dies als unfair.
Er sah die junge Frau, die jetzt wieder den Jäger repräsentierte, von der Seite an. Es wäre interessant zu wissen, warum ER sie in so jungen Jahren zu sich gerufen hatte. Wenn es im Totenreich keine Zeit gab, konnte ER wohl überall gleichzeitig sein in der Chronologie. Also hatte der Tod gewusst was im Entstehen war. Doch wieso konnte er das Problem dann nicht selbst lösen?
"Chordar hat das Tor versiegelt", sagte die Kriegerin neben ihm.
Arnulf seufzte, er hasste es, wenn man seine Gedanken las.
"Nur er kann es öffnen und wieder schließen! Jedenfalls in diesem Moment!"
"Wer war aber der Stein, des Anstoßes? Das alles kann doch nicht einfach so durch Zufall entstanden sein!"
Auch darauf bekam er keine erschöpfende Antwort.
"Du wirst am Ende denjenigen finden müssen, der das alles heraufbeschworen hat! Denjenigen, der Chordar für seine Zwecke benutzt, und auch denjenigen, der jetzt die schwachen Sterblichen für sich benutzt!"
Die Gestalt der Frau veränderte sich wieder. Sie verwandelte sich in dem schwarzen, kalten Schatten. Der Jäger des Todes verließ Ankas Hütte wie ein Eiseshauch.
Es wurde dort sofort wärmer und behaglicher. Das Feuer züngelte knisternd wieder etwas höher.
Anka sah ihren Bruder an. Sie hatte Furcht in den Augen. Das hatte er bei ihr bisher selten gesehen.
"Was wirst du jetzt tun", fragte sie ihn leise.
"Ich dachte, du könntest mir das sagen", antwortete er mit rauer Stimme. Er hatte keine Idee, wie er sich der Geschichte nähern sollte. Vielleicht sollte er im Karst anfangen. Aber konnte er tagelang durch die Höhlen irren, in der Hoffnung auf einen Untoten

zu stoßen der ihn nicht sofort umbrachte, sondern den Weg zeigte? Das war absurd.
Wer konnte so etwas heraufbeschwören? Wie ging das?
Seine Schwester suchte während seiner hilflosen Gedankengänge energisch in ihrer Hütte nach etwas. Schließlich stellte sie sich triumphierend hin und drückte ihm eine Lederschnur mit einem Amulett in die Hand.
"Das ist das, was ich für dich tun kann", sagte sie ernst. "Und das ist nicht viel!"
Resignierend nahm er das Amulett an sich und ging hinaus in die Dunkelheit. Im Falle eines Falles würde er wohl eher zu seiner speziellen Pfeilspitze greifen, als zu diesem Amulett. Es war wohl eher ein Zeichen der Hilflosigkeit seiner Schwester.
Ein feiner Sprühregen hatte sich über den Wald gelegt. Es war ein einschläferndes Geräusch.
Verstohlen machte er sich auf den Weg zu den Höhlen. Bis dorthin war es nicht allzu weit.
Er blieb plötzlich stehen. Vor ihm stand ein Stück weiter ein kleiner Schatten. Langsam ging er näher heran und zog dabei sein Schwert. Der Schatten winselte und wedelte mit dem Schwanz.
"Streuner?"
Es war tatsächlich der Wolfshund seines alten Freundes Karls. Doch es war ausgeschlossen, dass Karls selbst in der Nähe war. Arnulf vermutete ihn im Augenblick in Wairnasund. Dort hatte er sicherlich seine ganz eigenen Sorgen.
Er streichelte das nasse Fell des Hundes, der sich dankbar in ihm schmiegte. Aber Arnulf wollte weiter. Der Hund folgte ihm in kurzem Abstand.
Wenige hundert Meter vor dem Eingang der Höhle blieb der Wolfshund stehen und begann zu knurren. Sein Fell sträubte sich. Arnulf nahm langsam seinen Bogen von der Schulter. In dem nächtlichen Wald war nichts Bedrohliches zu erkennen. Leise

tröpfelte der Regen von den Bäumen auf den moosigen Waldboden.
Streuner bellte zwar, hatte aber dem Schwanz zwischen die Beine gesteckt. Er hatte Angst, wie eigentlich immer. Der Wolfshund war beileibe kein Held.
Eine Gestalt in einem ziemlich mitgenommenen schwarzen Umhang stand vor ihnen. Aus dem Umhang sah ihn ein bleicher Knochenschädel an. Arnulf hatte das Gefühl das dieses Wesen ihn anlachte.
Mit einer ungelenken Bewegung zog er ein kurzes Krummschwert hervor und attackierte Arnulf. Der Fährtensucher parierte die Hiebe und schlug dem Untoten die Waffe aus der Knochenhand.
"Du stehst unter SEINEM Schutz", sagte die Gestalt mit hohler Stimme und lachte sehr unangenehm. Es klang wie ein letztes Röcheln eines Sterbenden.
"Das bedeutet aber nicht, dass ich dich nicht mitnehmen könnte. Der Tod hat hier zurzeit keine Macht, verstehst du?"
"ER nicht, aber ich", sagte Nahseth plötzlich hinter dem Fährtensucher hervorschwebend.
Der Jäger hatte ein Schwert mit tiefschwarzer Klinge gezogen. Es sah aus wie ein Loch in der Welt, etwas das es hier nicht geben sollte.
Der Untote sah auf seine Art irgendwie erschrocken aus, fand Arnulf. Ein feines Sirren ging durch die Nachtluft, dann lag von dem Untoten nur noch ein Haufen Staub auf dem nassen Waldboden, der rasch versickerte. Der Fährtensucher hatte eine Sekunde lang den Eindruck, dass etwas von dem Untoten von dem Schwert aufgesaugt wurde.
"Sie denken wirklich, sie könnten sich SEINEM Gericht entziehen", die Stimme des Jägers klang erbost.

"Im Augenblick sieht es doch auch so aus", erwiderte Arnulf. Er bekam aber keine Antwort. Der Jäger stand schweigend neben ihn, als wüsste er nicht, was er jetzt machen sollte.
"Kannst du dich an dein Leben erinnern", fragte Arnulf schließlich den schweigsamen Jäger. Er war von sich selbst überrascht und erwartete auch nicht, eine Antwort zu erhalten.
"Manchmal, leider verblasst das immer mehr", antwortete Nahseth nach einer Weile des Schweigens.
"Das tut mir leid", murmelte der Freiherr.
"Du musst nicht so enden", hörte er den Geist in dem Jäger sagen. Es hörte sich nach einer Prophezeiung an.
"Wie dann", fragte er sofort.
"Helfe IHM und ER wird sich erkenntlich zeigen!"
"In den Rollen steht aber mein Schicksal schon festgeschrieben. Er kann es doch nicht ändern", wandte der Fährtensucher ein.
"Helfe ihm einfach. Die Lebenden denken zu sehr in Anfang und Ende. Ist dir schon einmal der Gedanke gekommen, dass es nach dem Ende wieder einen neuen Anfang geben könnte?"
Der Fährtensucher schwieg. Was konnte er darauf schon antworten?
"Was ist mit diesem Untoten geschehen", fragte Arnulf. Er wollte wissen was dieses Schwert machte. "Er befindet sich jetzt hinter der letzten Pforte", bekam er zur Antwort.
"Dort wird er sicherlich erwartet."
"Davon solltest du ausgehen! Es wird für ihn unerfreulich werden!"
Ehe Arnulf etwas dazu sagen konnte, war der Jäger auch schon verschwunden.
Trotz der feuchten Kälte fühlte sich jetzt alles ringsherum etwas wärmer an.
Streuner kehrte wenig später reumütig zurück zu ihm. Arnulf kraulte ihn gedankenverloren das nasse Fell.

Die beiden gingen durch den feinen Regen, um die Höhlen zu erreichen. Hier konnten sie sich trocknen und übernachten. Arnulf hoffte auf eine Nacht ohne weitere Treffen mit Untoten oder dem Jäger.
Nachdem er sich ein Lager in einer kleinen Höhle geschaffen hatte, legte er sich hin. Streuner lag zu seinen Füssen. Es würde bald wieder Tag werden und er fühlte sich müde.
Beim Einschlafen versuchte er noch sich zu vergegenwärtigen, was er in seiner kurzen Todesphase damals erlebt hatte. Darüber fiel er in den Schlaf.
Er träumte von einer fahlen Welt, die der realen sehr ähnlich war.

Der Wolfshund knurrte leise.
Arnulf erwachte und lauschte alarmiert in die Dunkelheit. Es klang wie klappern von dürrem Holz auf dem Felsboden. Er kannte nichts was solche Geräusche verursachen konnte. Er nahm mit angehaltenem Atem sein Schwert in die Hand.
Die Temperatur in der Höhle schien indessen schlagartig zu fallen. Der Hund presste sich zitternd an Arnulfs Bein. Eilig entzündete der Fährtensucher eine Fackel. Er konnte noch nichts erkennen. Aber einige Zeit später sah er zwei dürre Gestalten in zerrissenen Kettenhemden auf sich zukommen. Alles an ihnen war fahles Grau. Sie schwankten leicht unter der Last ihrer Rüstung, sahen aber trotzdem gefährlich aus.
"Lass es einfach geschehen und du wirst sehen, es ist gar nicht schlimm", rief eine hohle Stimme zu ihm. Es klang ein wenig, als wenn ein kühler Aufwind zu ihm sprach, denn die Stimme schien aus dem Boden zu kommen, nicht von einem dieser klapprigen Kerle.

Arnulf konnte nicht einmal sagen, welcher von ihnen gesprochen hatte.
Er hatte natürlich nicht vor, es einfach geschehen zu lassen. Er streckte die Fackel vor und ging auf die beiden Knochenmänner zu. Sie hackten mit ihren schartigen Waffen auf ihn ein. Er konnte mühelos parieren. Mehrfach schlug er die Gestalten in Stücke, die sich wie durch Zauberhand wieder zusammensetzten, wenn auch jedes Mal etwas schlechter. Sie griffen ihn auch ohne Waffen und ohne Arme an. Der Freiherr musste schnell von hier verschwinden, das konnte sonst noch ewig dauern.
"Du solltest unser Mann im Licht sein", donnerte eine fürchterliche Stimme hinter ihm. SEIN Jäger war wieder da! Die kleinen Rinnsale kalten Wassers an den Wänden gefroren. Ein Schatten glitt durch die Höhle. Das was von den Knochenmännern übrig war, versuchte zu fliehen. Der Schatten glitt einfach durch sie hindurch und es blieb wiederum nur ein Haufen Knochen auf dem Boden zurück. Der Schatten verweilte über den Überresten. Arnulf zog sich aus der Höhle zurück. Er sollte wirklich im Licht bleiben.
"Er hält große Stücke auf deine Fähigkeiten", grollte die Stimme Nahseths durch die Höhle. "Ich bin da gänzlich anderer Meinung, du verstehst?"
Das war für den Freiherren eine klare Aufforderung, das Problem anders anzugehen. Doch wo konnte er anfangen? Wenn dieser Jäger ihm einen kleinen Hinweis geben würde.
"Frage einen alten Gefährten", sprach die Dunkelheit prompt und verschwand. Arnulf gefiel es nach wie vor nicht, wenn seine Gedanken gelesen wurden. Er blieb noch eine Weile ratlos in der Höhle stehen und sah sich nachdenklich um. Schließlich verließ er sie seufzend.
-Frage einen alten Gefährten-, was sollte das nun wieder bedeuten? Welcher alte Gefährte? War Rätsel lösen ein beliebter Zeitvertreib auf der anderen Seite des Seins?

Er würde sich lieber um sein zukünftiges Heim kümmern, als Untote Knochenmänner zu jagen.
Es würde bald dämmern und ein neuer Tag würde mit ziellosen Suchen ausgefüllt sein. Er dachte an seine Schwester und hoffte sie konnte ihm einen etwas genaueren Fingerzeig geben. Doch sie ließ sich nicht blicken.
Ein Gedanke keimte langsam in ihm. Was, wenn Hagenar irgendwie sein Finger mit im Spiel hatte. Wo würde er sich jetzt aufhalten? Seinen seit langem gehegten Plan, den Thron zu besteigen, konnte er nicht einfach aufgegeben haben!
Er musste nur etwas außer Sichtweite seines Bruders bleiben, aber nah genug um unvermittelt zuschlagen zu können!
Wie kam er überhaupt auf die Idee, dass dies mit dem Bruder des Königs zusammenhing? Mit welchen Mächten hatte Hagenar sich nur eingelassen, um seine Ziele endlich zu erreichen?
Arnulf zweifelte an seiner These. Sie hatte etwas von einem Strohhalm, an dem er sich klammerte.
Seine Füße trugen ihn derweilen ohne sein Zutun höher in die Berge. Die Sonne schob sich über den Horizont und vertrieb die Regenwolken. Die Vögel waren erwacht und begrüßten den neuen Tag mit ihrem Gesang.
Schließlich konnte er zum Kaltsee herunter sehen.
Er fühlte sich bei diesem Anblick irgendwie beklommen. Er glaubte kurz dort unten seinen alten Freund Karls zu sehen, doch das war nur eine Vision, oder eher ein Wunsch.
Er blieb vielmehr überrascht stehen, als er sah, dass die abgebrannte Ruine der Kaltseebaude restlos verschwunden war. Dort erstreckte sich stattdessen ein mit Pflöcken abgesteckte Areal. Der Bau des Schlosses für Königin Sylvia hatte also schon begonnen?! Es fühlte sich irgendwie falsch an für ihn.
Aber dafür hatte er den Baumeister Eukidemosz schließlich mit einigen Mühen hierher geholt.

Er war ungehalten, stellte Arnulf fest. Es war Wut. Aber von dieser Regung sollte er sich im Augenblick nicht leiten lassen! Dafür stand zu viel auf dem Spiel!
Er setzte sich auf einen Baumstumpf und suchte gedankenverloren Tabak in seinem Beutel. Es dauerte eine Weile, ehe er sich seine Pfeife anzünden konnte. Er musste dringend Ordnung in seinen Gedanken bringen.
Was war es, das ihn so aufregte? Karls würde in weiter Ferne sicherlich keinen Gedanken an diese Ruine verschwenden! Warum auch, dieser Ort gehörte in seine Vergangenheit.
"Wir gehören bald alle einer versunkenen Welt an", sagte eine wohlbekannte Stimme seiner Schwester hinter ihm. Anka legte ihm ihre Hand auf dem Arm, wie um ihn zu beruhigen.
"Was treibst du hier", fragte er seine Schwester etwas ungehalten. Dabei war er doch insgeheim froh, sie zu sehen.
"Ich wollte nach dir sehen. Deine Nacht war wohl nicht sehr angenehm - du siehst furchtbar aus!"
"Ich soll mich im Licht bewegen, befahl Nahseth mir."
"Dann mach das auch. Versuch dein Glück in den Höhlen wo die Gnolls damals ihr Lager hatten."
"Weißt du es oder rätst du nur", fragte er müde.
Doch seine Schwester, die Schamanin der Berge war schon wieder verschwunden. Er knurrte unzufrieden. Dieses Versteckspiel ging ihm gehörig auf die Nerven.
Er lehrte seine Pfeife sorgfältig und machte sich auf den Weg. Als er sich noch einmal umsah, sah er einen Pferdewagen auf den Kaltsee zu rollen.
Der Wagen blieb stehen und der Baumeister stieg umständlich heraus. Er gestikulierte heftig mit den Armen dabei. Irgendetwas schien ihm nicht zu gefallen.
Die Szene erheiterte den Fährtensucher und er beobachtete noch ein wenig den Mann. Ihm fiel auf, dass er nicht der einzige

Beobachter war. Der andere Zuschauer war ein gut ausgerüsteter Mann. Arnulf arbeitete sich an ihn heran. Er wollte eigentlich nur sehen, wer dieser Mann war. Er sah vorerst keine Gefahr in dessen Anwesenheit.
Arnulf erkannte das Wappen von Hagenar, drei Sterne über einem Berg in dem ein Bär hauste. Also war des Königs Bruder interessiert an den Arbeiten für das neue Schloss. War das gut für die Königin, ihr sollte es später schließlich gehören? War das vielleicht sogar Teil eines Planes?
Er konnte sich Hagenar als Anführer einer Armee von Untoten nicht vorstellen. Dazu fehlte ihm einfach der Schneid! Es musste noch eine Person im Spiel sein.
Der Berg mit dem Bär! Das war vielleicht der Schlüssel.
Er machte sich auf den Weg zu Hagenars Anwesen, das auf einem kleineren Felsen stand, unter dem einer seiner Vorfahren einmal einen Bär im Winterschlaf überrascht haben wollte. So hatte es ihm jedenfalls Arnulfs Vater einmal erzählt.
Von dort war es auch nicht mehr weit zu den Höhlen, die den Gnolls eine Zeit lang als Unterschlupf gedient hatten.
Es wurde zusehends kälter. Am Abend würde es noch Regen geben sagte ihm sein Gefühl. Er brauchte ein Dach über dem Kopf. Es gab in der Nähe einige verlassene Hütten. Die waren vor Jahren aufgegeben worden.
Die Nachfahren der Bergbauern zogen hinunter in die Täler, wo das Leben ihnen nicht so viele Entbehrungen abverlangte. Zurück blieben die Hütten mit ihren vergessenen Geschichten.
Der Fährtensucher schlich sich behutsam an die Behausungen heran. Man konnte nie wissen, wer sich dort eingenistet hatte. Er lauschte eine Weile, ehe er die morsche Tür öffnete. Er schrak zurück als ihm ein großer Rabe fast gegen den Kopf flog. Der Vogel flog noch eine Runde über ihm, um böse krächzend in den Bäumen zu verschwinden.

Langsam betrat er den Raum. Die Feuerstelle war noch ganz akzeptabel. Das Dach war an einigen Stellen schon eingefallen. Für die Nacht würde es jedoch ausreichend Schutz bieten. Arnulf verzichtete auf Feuer. Er wollte niemanden auf seine Anwesenheit aufmerksam machen.
Nach einem kalten Mahl legte er sich in seinen Umhang gewickelt auf etwas altes Stroh.

Er schreckte hoch. Welche Zeit es war konnte er nicht sagen. Etwas schnüffelte um die Hütte herum. So leise es ging zog er sein Langmesser. Mit der anderen Hand zog er seinen Bogen näher.
Es musste ein Tier sein, das die Tür nicht zu öffnen vermochte. Leise stand er auf und trat zur Tür. Ein Wolf oder Hund stand vor der Tür. Das sagte ihm seine Nase. Ein leises Winseln überzeugte ihn, die Tür leicht zu öffnen.
"Streuner?" Der Hund drückte sich an seine Beine. Er blickte kurz in die Dunkelheit. Feiner Nieselregen nahm ihm die Sicht. Aber es war auch kein Wetter, in dem sich böse Gestalten im Wald herum trieben.
Der Freiherr kraulte den Kopf seines unsteten Kameraden. Es war einer dieser Augenblicke, wo er sich fragte, was er hier eigentlich tat. Wo waren die aufrechten Helden, die mit dem Schwert in der Hand der Bestie den Kopf abschlugen? Die Bestie, die er jagte hatte vielleicht gar keinen Kopf, erwiderte eine hämische Stimme in ihm. Vielleicht hatte sie viele Köpfe, von denen er nur einige erkannte. Man hatte ihn ausgesucht, weil jeder klar denkende Mensch diesen Auftrag dankend abgelehnt hätte. Warum aber war er nicht so klug gewesen? Natürlich wäre es eine Herausforderung, Nahseth einen Wunsch abzuschlagen!
Über diese unerfreulichen Gedanken schlief er schließlich ein.

Als er erwachte, fielen helle Lichtstrahlen durch die Löcher im Dach. Der Hund hatte ihn mit seiner Nase an gestupst, damit er aufwachte. Er wedelte leicht mit dem Schwanz, als Arnulf sich ächzend erhob.
Der Nieselregen hatte etwas nachgelassen, was Arnulfs Stimmung aber auch nicht hob. Der Wolfshund verschwand in den Büschen. Ein feiner Gefährte, dachte Arnulf und begann sich langsam auf den Weg zu machen.
Es ging leicht Bergauf und Nebel hing zwischen den Bäumen. Der Fährtensucher glaubte mehrmals schattenhafte Gestalten erkennen zu können. Doch immer wenn er glaubte sie zu überraschen, empfing ihn nur feuchte Waldluft. Ihm kam die Erkenntnis, dass er in eine Richtung geleitet wurde. Durch die schlechte Sicht konnte er auch nicht exakt bestimmen, wo er sich befand.
Er pfiff leise und tatsächlich war wenige Augenblicke später der Wolfshund wieder an seiner Seite. Er wedelte leicht mit dem Schwanz.
"Zeig mir den Weg zum Bergkamm", sagte Arnulf leise. Augenblicklich lief der Hund los.
Arnulf folgte ihm und stellte fest, dass er die ganze Zeit am Rande einer ihm gut bekannten Schlucht entlang lief. Ein Fehltritt hätte ihm das Leben kosten können. Er war etwas verwundert über seine Orientierungslosigkeit. Etwas stimmte hier nicht. Wenn er den Weg weiter verfolgen würde, käme er nie an sein Ziel. Er hatte sich die Höhlen unter den kahlen Gipfeln zum Ziel genommen. Eine Kraft versuchte ihm vom Weg abzubringen. Er schnalzte mit der Zunge und der Hund kehrte zu ihm zurück.
Arnulf hatte beschlossen auf den nächsten brauchbaren Baum zu klettern. Er wollte sehen, wie hoch die Schwaden reichten.
Es war nicht einfach, den die Ästen des Baumes waren rutschig. Es kostete ihn einige Kraft die Krone zu erreichen. Zu seinem

Erstaunen war es ein schöner sonniger Tag. Die Morgensonne blendete ihn.
Ein leises Winseln unterbrach seine Betrachtungen. Jemand oder Etwas näherte sich ihm.
Er stieg etwas weiter herunter um zu sehen, wer hier herumschlich. Auch wenn die Geräusche gedämpft waren, musste es ein größeres Wesen sein!

Arnulf hatte solch ein Geschöpf noch nicht mit eigenen Augen gesehen, aber natürlich kannte er die Geschichten, die sich um dieses Wesen rankten. Jähzornig und gewalttätig waren sie. Ein nur kleiner Geist wohnte in dem Körper eines Minotaur, der als Ausgleich dazu aber über gewaltige Kräfte verfügte.
"Mensch, was tust du auf diesem Baum", fragte der Minotaur mit grollender Stimme.
"Mich umsehen", antwortete Arnulf. Er hatte in diesen Augenblick nicht das Bedürfnis herabzusteigen.
"Ihr Menschen seid allesamt jämmerliche Feiglinge! Vor wem versteckst du dich dort oben! Ich glaube, du hast vor deinem eigenen Schatten Angst!"
Arnulf war sich der höchst lächerlichen Situation voll bewusst. Doch er wollte den Abstand zu diesem Wesen noch eine Weile beibehalten. Er konnte nicht einschätzen, was geschehen würde, wenn er vor diesem Berg aus Muskeln stand.
Streuner, der Wolfshund begann vernehmlich zu knurren. Er hatte anscheinend keine Angst vor diesem Wesen. Jedenfalls nicht, wenn er genügend Abstand zu ihm hatte.
"Ich bin durch einen Eid gebunden, leider. Ich muss dir helfen, dazu wurde ich geschaffen. Also komm endlich runter, du feiger Mann!"
Arnulf kletterte bedächtig herunter. Er wog im Geiste seine Möglichkeiten ab, gegen dieses übermächtige Wesen zu bestehen.

Er kam zu dem Ergebnis, dass es nicht viel gab, was er gegen den riesigen Muskelberg ausrichten konnte. Andererseits konnte er auch nicht ewig auf dem Baum sitzen bleiben.
Am Fuße des Baumes sahen seine Aussichten noch trostloser aus. Der Minotaur war mindestens doppelt so groß wie er und schien nur aus gewalttätiger Energie zu bestehen. Die Hörner auf seinem Kopf waren wohl nur zur Bestätigung da, dass sein Leben verwirkt war.
"Wem musstest du einen Eid leisten", fragte Arnulf neugierig. Der Wolfshund stellte sich tapfer neben den Fährtensucher.
"Der Hexe der Bergelfen. Sie ist ein mächtiges Wesen, dem man nicht widerstehen kann!"
Der Minotaur sah ihn schweigend an.
"Ich kenne sie, man sollte sie nicht zum Feind haben", stimmte Arnulf zu. Der Riese nickte bedächtig.
"Wobei muss ich dir nun helfen", fragte dieses Fabelwesen dann.
"Es ist eine wirklich schwierige Geschichte", begann Arnulf. Der Minotaur schnaufte ungeduldig.
Der Freiherr überlegte, ob dieser Muskelberg überhaupt in der Lage war, die Geschichte zu begreifen.
"Die schwarze Pforte ist verschlossen. Chordar baut eine Armee auf um die Herrschaft über alles Leben zu übernehmen und vielleicht den Tod sogar zu besiegen!"
Der Minotaurus sagte eine Weile gar nichts.
"Ich habe ein paar Untote gesehen", sagte er schließlich. "Es sind verdammte Kreaturen!"
Er schwang seine riesige Axt und schlug so nebenbei eine Schneise ins Unterholz. Arnulf begann zu vermuten, dass dieses riesige Wesen es mit der Angst bekam. Für ihn verständlich.
"Man kann gegen sie nicht gewinnen", sagte er deprimiert. Das war nicht die Art von Kampf, die er sich vorgestellt hatte.
"Wir haben eine kleine Chance", ermunterte Arnulf den Minotaur.

"Nahseth ist auf unserer Seite!"
Arnulfs neuer Mitstreiter stieß seine Axt auf den Boden.
"SEIN Jäger ist auch dabei? Er wird uns am Ende ebenfalls jagen, du Narr!" Es schien für den Minotaur völlig normal zu sein, bald sein Leben wieder zu verlieren.
Der Freiherr fand es auch erstaunlich, dass dieses Wesen da vor ihm, immer sogleich wusste wovon er redete. In seinem Dorf würde er keine drei Leute finden, die mit diesen Namen etwas anfangen könnten.
"Ich konnte mir das alles nicht aussuchen, glaub mir! Aber wenn du Angst hast, kannst du ja gehen!"
Kaum waren diese Worte ausgesprochen, schwebte Arnulf schon zwei Meter über dem Boden und sah dem Minotaur ins Gesicht.
"Ich bin im Augenblick durch einen Eid gebunden! Aber nicht für immer. Du solltest den Augenblick fürchten, an dem dieser Eid erfüllt ist!"
Den schwarzen, blutunterlaufenen Augen konnte man nicht ansehen, was in dem Kopf dieses Riesenkalbes vor sich ging.
Ein schwarzer Schatten glitt durch die Bäume und hinterließ Eiszapfen an den Ästen. Wenig später stand die junge Kriegerin, als Reinkarnation des Jägers vor ihnen und warf ihren grauen Umhang zurück.
Der Minotaur wich zurück und stellte Arnulf ganz vorsichtig auf den Boden.
"Der Schutz der Hexe ist für mich kein Hindernis", sagte sie mit Nahseths Grabesstimme. Das wirkte beinahe grotesk, war aber auch angsteinflößend, für beide.
"Ihr beiden solltet euch jetzt auf den Weg zu den Höhlen machen, so wie du es vorhattest, Freiherr. Die Spur ist vielversprechend! Aber ihr müsst euch eilen!"

Die Frau zerfloss vor ihren Augen wieder zu einem Schatten. Der Minotaur wich ängstlich zurück. Fragend sah er dem Menschen vor sich an.
"Was soll ich dir sagen, mein Leben ist kein schöner sonniger Frühlingstag. Dazu kenne ich zu viele unheimliche Wesen."
"Zählt deine Schwester auch dazu", fragte eine bekannte Stimme aus dem Nichts. Der Minotaur trat überrascht einen Schritt zurück.
"Ich dachte immer, so einem Riesenkerl kann nichts erschüttern", sagte Anka fröhlich zu dem Ungetüm. Sie sah interessiert zu diesem Muskelberg hoch. Wütendes Schnauben folgte, doch er rührte sich nicht von der Stelle, als wäre er durch einen Zauber gebannt.
"Eigentlich waren jetzt alle hier, die mir für diesen Augenblick einfallen würden", stellte Arnulf kopfschüttelnd fest. Warum musste er, als schwächstes Glied in der Kette den größten Teil dieser Ereignisse allein schultern?
"Es gibt wohl allgemein ein großes Interesse an diesem Fall. Wenn alle die es betrifft, sich selbst beteiligen würden, wären die Untoten im Handumdrehen Tote, würde ich sagen. Es gäbe keine Probleme mehr und alle könnten nach Hause gehen!"
Arnulf war etwas gereizt, denn die Anteilnahme der Unterwelt, der Menschenwelt, der Halbwelt ging ihm auf die Nerven. Er war bislang keinen Schritt weiter gekommen!
"Reg dich nicht auf, Bruder. Frage dich, warum dich alle zu diesen Höhlen schicken möchten! Frage dich, warum man dir noch keinen Namen außer Chordar, genannt hatte. Es gibt jemand, der sich noch nicht zu erkennen gegeben hat. Das macht alle Beteiligten nervös!"
"Ich kann nicht glauben, dass die Elfenhexe vor etwas Angst hat", erklärte der Minotaur leise, als fürchtete er, dass sie das hörte.
"Es gibt auch nichts, wovor ich Angst haben müsste", sagte die kalte Stimme Jildhrells plötzlich neben Anka, die sofort ihren Schamanenstab auf sie richtete.

Die Elfe lachte amüsiert und lies ihn mit einem Fingerschnippen davon fliegen. Anka warf sich wütend auf die Hexe. Arnulf sah eine kurze Weile dem Treiben der beiden Frauen zu. Sie schienen gleich stark zu sein, stellte er fest.
Er drängte sich zwischen sie. Sofort wollten sie sich beide wutentbrannt auf ihn stürzen. Er hob beschwichtigend die Hände.
"Ist das eure übliche Begrüßung?"
"Das hat sich noch niemand gewagt", rief die Elfe mit einem tödlichen Tonfall.
"Man merkt deutlich, dass ihr keine Erziehung im klassischen Sinne genossen habt", merkte Arnulf an. "Vater war doch immer zu nachsichtig mit dir", erklärte der Freiherr zu seiner Schwester. Sie funkelte ihn wütend an.
"Also bitte! Wollt ihr mir helfen, oder braucht ihr nur meine Aufmerksamkeit?"
Ehe die Elfenhexe etwas tun konnte, hatte die Schamanin schon ihren Zauber blockiert.
Das hätte noch ewig weitergehen können, doch Arnulf hatte etwas gehört und hob die Hand. Die beiden Frauen hielten sofort inne.
"Da sind viele Orks", sagte Jildhrell leise. Die Worte verklangen gerade erst, da war sie auch schon verschwunden. Der Minotaur sah sich suchend um. Arnulf winkte ab und schüttelte den Kopf.
"So geht mir das immer! Ein paar dunkle Andeutungen und danach steht man allein da."
Anka sah ihren Bruder mit einem Entschuldigung heischenden Blick an und war ebenfalls verschwunden.
"Hast du auch noch irgendwas anderes vor, als mir zu helfen", fragte Arnulf den neuen Begleiter.
Die Orks erschienen vor ihnen und wiesen grunzend auf Arnulf. Das war wohl das Zeichen zum Angriff. Es waren im Kampf erprobte hässliche Gesellen, die Arnulf angingen. Der Minotaur trat hinzu und fegte mit seiner riesigen Axt einige zur Seite. Auch Streuner

kam von irgendwo her und warf sich in den Kampf. Die erst so siegessicheren Orks wichen etwas zurück. Sie hatten nicht mit so viel Gegenwehr gerechnet. Nach kurzem Kampf verschwanden sie im Wald, nicht ohne dem Freiherren noch wüste Drohungen zuzurufen.
Arnulf unterlies es, sie zu verfolgen. Das würde unnütz Zeit kosten. Er fragte sich jedoch, wie zufällig die letzten Ereignisse waren. Das sich zwei so gefährliche Frauen in genau diesem Augenblick mit einander beschäftigten, war für ihn kein Zufall. Wer verfügte über so viel Wissen und Macht, das Verhalten der beiden Frauen zu lenken? Er war sich nicht sicher, ob er das noch erfahren würde. Sie mussten nur hier schnellstens verschwinden.
Arnulf winkte dem Minotaurus und lief im leichten Laufschritt los. Es war für den Riesen kein Problem ihn einzuholen. Auch der Wolfshund blieb ihnen auf den Fersen.
"Etwas verfolgt uns", rief der Riese mit grollender Stimme. Arnulf nickte, er spürte es fast körperlich.
Sie konnten Schemen durch den Wald fliegen sehen. Der Fährensucher konnte nicht benennen was er auf sich zukommen sah. Am ehesten sahen diese Schemen aus wie große Vögel. Das Rätsel würde sich schnell lösen, denn sie würden in wenigen Augenblicken auf ihre Verfolger treffen. Schnell nahm Arnulf seinen Bogen in die Hand. Der Minotaur schnaufte, wie um sich Mut zu machen. Streuner war hingegen plötzlich verschwunden.
Sein Pfeil verfehlte das Ziel nicht, hatte jedoch keinerlei Wirkung. Arnulf überlegte kurz, ob der Pfeil wirklich durch dieses Wesen hindurch geflogen war. Nun konnte er auch klar erkennen, was da auf ihn zukam. Die Wesen sahen aus wie kleine Drachen, die nur noch aus Haut und Knochen zu bestehen schienen. Auf diesen mumifizierten Drachen saßen die bekannten Knochengerippe und trieben ihre Flugwesen an. In diesem Augenblick schwang der

Minotaur seine riesige Axt und fegte sie aus der Luft. Es schienen tausende Knochenteile durch den Wald zu schwirren.
"Los weiter", rief Arnulf zu seinem Gefährten, wissend dass diese Wesen sich bald wieder zusammensetzen würden. Dann würden sie sofort wieder die Verfolgung aufnehmen.
Arnulf wünschte sich einige von diesen neuen Sprengkörpern, die er vor einiger Zeit gegen die Tonsoldaten des Prinzen von Siltrien eingesetzt hatte. Es wäre sicherlich interessant heraus zu finden, was diese Bomben bewirken würden.
Dann tauchte der Wolfshund plötzlich vor ihnen wieder auf und bellte leise. Sie sollten ihm folgen.
Der Minotaur war für Arnulf zu schnell. Er musste ihm im Laufschritt folgen. Das zehrte an seiner Kondition. Aber er wusste, dass sie nicht mehr weit von den Höhlen entfernt waren. Er konnte schon die kahlen Felsen erkennen. Hier waren einige geheime Vorratslager der Fährtensucher des Königs.
Er rief den Minotaur an, um eine Pause zu machen. Er wollte nicht erschöpft in den kommenden Kampf gehen. Widerwillig blieb der große gehörnte Kerl stehen.
Arnulf hatte einen Felsvorsprung entdeckt und setzte sich darunter. Er hatte noch ein wenig Proviant dabei und packte es aus. Der Wolfshund kam neugierig herbei und untersuchte es. Er fand jedoch keinen Gefallen daran und verschwand wieder.
Arnulfs Kopf schnellte nach oben. Ein kleiner Mann hatte sich vor ihm aufgebaut. Er sah den Freiherren an, wie ein besonders ausgefallenes Tier, das er aus welchem Grund auch immer, in sein Herz geschlossen hatte. Der Freiherr hatte sein Langmesser schon zur Hand.
"Für alles, was du jetzt machen willst, ist es schon zu spät", sagte der kleine Mann fröhlich. Wie aus dem Nichts erschien ein Stab in seiner Hand.
Die Waffe eines Zauberers!

"Oh gut, dass du das weist, " rief das Männchen zufrieden aus. Auch er schien Arnulfs Gedanken lesen zu können!
"Dein Ruf eilt dir voraus, Fährtensucher. Du bist einer dieser Kämpfer, die etwas kultivierter sind. Was am Ende aber doch immer auf das gleiche hinausläuft, kämpfen und sterben!"
Der Zauberer hatte seinen Stab langsam auf Arnulf gerichtet und kam langsam näher.
"Womit wir beim Thema wären, dem Sterben!"
Vielleicht war er sich seiner Sache doch nicht so sicher, wie er vorgab. Er war einfach zu zaghaft, befand Arnulf.
"Es wird heute der Tag sein, an dem ich meinen Meister gegen dich austauschen werde bei IHM!" Arnulf setzte sich bequemer hin.
"Und was wenn es dir nicht gelingt? Dein Auftraggeber wird dann sehr unzufrieden sein und Hagenar ist kein Mann der Geduld, wie ich selber weiß." Sein Gegenüber schien die Worte überhaupt nicht gehört zu haben.
Der Zwergenzauberer war zwar noch im Vorteil, aber nach Arnulfs Willen sollte sich das schnell ändern.
"Die Unterwelt wird sich öffnen und dich verschlingen, dummer Mensch! Ich frage mich, woher dein Ruf kommt, ein weitsichtiger Mann zu sein!"
Der Fährtensucher zuckte mit den Schultern. "Weißt du, seit einiger Zeit öffnet sich andauernd das Jenseits und das ist kein Zuckerschlecken, sage ich dir. Die Unterwelt hat mir versprochen, heute einen kleinen Mann mit einem Stab in der Hand zu verschlingen. Und du bist bis jetzt der einzige kleine Mann, dem ich begegnet bin!"
Der kleine Mann sah ihn unangenehm überrascht an. Der kleine Trick hatte diesen Zwergen Zauberer etwas aus dem Konzept gebracht.
Arnulf war indessen blitzschnell aufgesprungen und trat dem verwirrten Zauberer den Stab aus der Hand. Ein bläulicher

Feuerball löst sich von dem Stab und verschwand irgendwo knisternd im Wald.
Der Zauberer sah ihm kurz hinterher. Eine Ader trat an seiner Stirn hervor.
"Du hast es nicht anders gewollt", rief er wütend und formte in seinen Händen eine leuchtende Kugel. Das Licht sah gefährlich aus und gebärdete sich wie ein wildes Tier. Es schien sich sofort auf den Menschen stürzen zu wollen.
"Es ist richtig, du solltest auch Angst haben", sagte der kleine Zauberer, als könnte er Arnulfs Gefühle sehen. Sein Gesicht hatte sich zu einer bösen Grimasse verzerrt. Er würde Arnulf töten, das stand fest.
Der Fährtensucher sprang den Zauberer jedoch an. Der kleine Mann wich stolpernd zurück und wurde im nächsten Augenblick von großen Pranken weit fortgeschleudert. Die neu geformte Lichtkugel fiel auf die Erde und verlosch langsam mit einem dünnen, pfeifenden Ton.
"Warum hast du so lange gewartet", fragte Arnulf den Minotaur etwas ungehalten.
"Es war ein Zauberer! Was hätte ich gegen ihn schon ausrichten können?"
Arnulf schüttelte verständnislos den Kopf.
"Aber der Zwerg war doch immer noch ein Zauberer, als du ihn fortgeschleudert hattest?"
"Aber er hat mich doch angegriffen, was hätte ich denn anderes tun sollen?"
Der Minotaur sah ehrlich verwirrt aus.
Arnulf war von dieser Logik etwas verwirrt.
Doch leider hatten sie viel Zeit verloren und die Dunkelheit würde bald hereinbrechen. Sie mussten ihr Palaver beenden und ihren Weg fortsetzen. So oder so würden bald wieder Knochenmänner vor ihnen stehen.

Auf dem Weg überlegte er, wer diesen Zauberer beauftragt hatte. War es wirklich Hagenar, oder gar ein wirklicher Zauberer, der Zeit gewinnen wollte?
Arnulf kannte die Gegend jetzt wieder. Hier war er mit den Zentauren gewesen und hatte versucht ein Fohlen zu retten. Eigentlich waren die Umstände nicht viel anders als damals. Damals wollte die Königin Sylvia herausfinden, ob ihr Mann einen unehelichen Sohn hatte. Wenn seine Vermutungen stimmten, wollte sie jetzt noch einiges mehr.
Er verstand nur nicht, warum sie immer wieder auf Hagenar bei ihren Plänen setzte. Er hatte bisher noch nichts Sinnvolles fertiggebracht. Vielleicht hatte sie ja keine große Auswahl unter ihren Getreuen.
Aber eigentlich sollte ihm das völlig egal sein, seine Auftraggeber waren um Größenordnungen gefährlicher.
Er war sich sicher, bald auf den Hintermann des kleinen Zwergenzauberers zu treffen.

Der Wolfshund war wieder einmal verschwunden. Das konnte nur bedeuten, dass er sich erneuert in Gefahr befand.
Sie näherten sich dem Eingang zur Schlucht. Dort am Ende waren viele Höhlen.
Es war mit seinem Begleiter unmöglich sich lautlos anzuschleichen. Der Minotaur brach durch den Wald wie ein Naturereignis. Das musste man bis zur Grenzwarte gehört haben!
Am Eingang zur Schlucht standen wenigstens einhundert Knochenmänner und erwarteten die beiden. Sie waren perfekt in Reih und Glied ausgerichtet, wahrscheinlich stellten sie vormals eine Armee dar. Es hatte keinen Sinn, sie zum Kampf herauszufordern.

Das sah der Minotaur anscheinend anders. Er brüllte wie nur ein Wesen seiner Größe es vermochte und stürzte sich auf die stumm wartende, bleiche Armee. Er schien immun gegen ihre Hiebe und fegte durch die Reihen der Knochenmänner.
Der Fährtensucher war wie gebannt. Er sah zu, wie sich der Riese durch die Reihen der bleichen Soldaten walzte.
Er schreckte erst hoch, als eine Handvoll dieser Soldaten auf ihn eindrangen. Sie fochten mit ihm als hätten sie keinen eigenen Willen. Das bedeutete jedoch nicht, dass sie ungefährlich waren. Ein unsichtbarer Wille schien das alles zu steuern.
Der Ursprung musste gefunden werden, ansonsten ging dieser Spuk noch endlos weiter.
Er hatte wenige Probleme sich der Soldaten zu erwehren und bald hatte er Zeit sich umzusehen.
Er hatte schnell, etwas entfernt, einige Gestalten auf Pferden entdeckt. Sie beobachteten reglos den Waffengang. Arnulf konnte auf sie zugehen ohne behindert zu werden. Hagenar, der einer der Reiter war, schien sogar auf ihn zu warten.
Der Bruder des Königs winkte ihm leicht zu. Eine Art Vorfreude war ihm ins Gesicht geschrieben.
Der Fährtensucher hätte gar zu gern gewusst, wer der zweite Reiter war. Er sah furchtbar aus, wie von den Toten auferstanden.
Arnulf nahm den Bogen von der Schulter und legte ihn auf Hagenar an. Doch eine furchtbare Figur hatte sich in den Weg gestellt.
Arnulf fühlte wie seine Arme steif wurden. Seine Hände gehorchten nicht mehr. Er fror am ganzen Körper.
"Das ist also Chordar", dachte jemand in seinem Kopf.
Der Türsteher am letzten Tor zur Ewigkeit höchst selbst!
Dieser Gedanke schien dem Geist auf dem Pferd nicht zu gefallen.
Er sprach röchelnd etwas in einer unbekannten Sprache, dass der Fährtensucher nicht verstand.

Aber intuitiv begriff er, dass er wohl an die tausend Qualen erleiden sollte, und das in wenigen Augenblicken.
Chordar streckte seine knochige Hand zum Hals des Fährtensuchers. Wenn es auch heißt, im letzten Augenblick seines Lebens sieht man es noch einmal an sich vorüber ziehen, Arnulf sah nur eine alles bedeckende Schwärze.
Er bemerkte auch nicht mehr die Konfusion unter den Knochensoldaten. Bedauerlicherweise sah er auch nicht, wie Hagenar eilig sein Pferd wendete und flüchtete.
Nahseth hielt sein Schwert in die Höhe. Er saugte mit seinem Schwert die Seelen der Knochenmänner ein. Die Armee zerfiel im Nu zu Staub.
Chordar warf sich auf den Jäger. Er schien über alle Maßen wütend. Er schlug auf Nahseth wie im Wahn ein. Der Jäger wehrte die Schläge jedoch sehr geschickt ab.
"ER will dich auf den Knien sehen", hörte Arnulf in seiner Dunkelheit. "Und das sofort!"
Chordar lachte höhnisch.
"Ich kenne seine Launen seit Äonen, verstehst du! Wir spielen das Spiel schon ewig. Und es wird immer einen neuen Jäger geben, vielleicht begreifst du das ja irgendwann? Du bist nur ein Spielzeug für IHN und für mich!"
"Du hast dich über IHN gestellt, vergiss das nicht", rief der Jäger und führte einen Schlag gegen den Torwächter. Der lachte zwar, wich jedoch zurück. Arnulf konnte nicht sehen, wie Chordar noch einige Minuten mit dem Jäger focht, dann verschwand er lachend im Nichts.
"Steh auf Mensch", sagte eine kalte Stimme über ihm. Arnulf konnte sich trotz der Kälte neben ihm wieder etwas bewegen.
Er konnte auch wieder die Augen öffnen. Der Jäger in der etwas freundlicheren Frauengestalt beugte sich über ihn. Er setzte sich auf.

"Hast du ihn geschlagen?"
"Sagen wir so, die Runde ging an mich", sagte die Frau mit der kalten Stimme, die so gar nicht zu ihr passte.
"Jetzt wissen wir, dass der Bruder des Königs hinter dem Aufstand steckt", sagte Arnulf und stand langsam auf. Der Jäger lachte amüsiert.
"Du glaubst doch nicht, dass dieser Gaukler die Macht hat, im Reich der Untoten etwas zu bewirken!" Das erschien auch dem Fährtensucher absurd, bei näherem nachdenken. "Kannst du dir vorstellen, dass er auch nur in der Lage ist, irgendeine Beschwörung ins Werk zu setzen?"
Nahseth hatte natürlich Recht, Hagenar war dazu gar nicht fähig!
"Wer war der Andere neben Hagenar", fragte Arnulf dann. "Einer der alten Zauberer, du bist ihm schon einmal begegnet. Es endete fast mit dem Tot für dich."
"Du meinst Tarnas? Also was kann dieser Zauberer von Hagenar wollen?"
"Das was alle Zauberer wollen, ewiges Leben, das letzte Geheimnis, und und und."
"Das merkwürdige ist, in einigen Jahren werden hier die schönsten Blumen blühen und alle werden Angst haben hier herzukommen, um sie anzusehen. Alles weil die Asche der verfluchten Untoten hier verstreut ist. Das ist eine unglaubliche Verschwendung!"
Arnulf sah die Frau an, die in dem Jäger steckte, etwas war ihr wohl aus der Vergangenheit geblieben, auch im Tod. Aber er glaubte nicht, dass sie dadurch getröstet wurde.
"Was kann ich jetzt tun", fragte Arnulf ratlos.
"Ich gebe dir eine Gelegenheit, das für dich selbst zu entscheiden!" Der Fährtensucher war nicht begeistert von dieser ihm gebotenen Möglichkeit, es musste ein Haken daran sein!
Und richtig, ihm wurde schwarz vor Augen und er fror furchtbar. Er sah sich überrascht um, um Nahseth zu finden. Etwas stimmte

nicht und gleich darauf wusste er auch, was es war. Die Abwesenheit jeglicher Bewegung. Er machte einige Schritte.
Er hatte jedoch die Möglichkeit sich selbst zu bewegen!
Er sah sich um und sah wieder die Armee der Untoten vor der Schlucht stehen. Nichts bewegte sich. Er suchte Hagenar und ging auf ihn zu. Dessen Bewegungen waren eingefroren.
Nun konnte er genau Tarnas betrachten. Er hatte aber dabei das Gefühl, das der ihn ebenso taxierte, allerdings ohne sich bewegen zu können.
Arnulf konnte weiter gehen. Er sah sich um. Dann sah er einige Reiter etwas weiter im Wald stehen. Er lief auf sie zu. Vor dem Trupp blieb er stehen.
Sylvia, die Königin, saß auf einem schneeweißen Hengst. Arnulf konnte Furcht in ihrem Gesicht sehen. Sie schien nicht überzeugt, dass dieser Kampf ein gutes Ende nehmen würde. Der verzogene Mund der Königin verriet Enttäuschung.
Arnulf grinst. Auch dieses Mal hatten sie auf den Falschen gesetzt!
Der Freiherr lief weiter. Es gab noch den kleinen Zauberer zu entdecken. Er war wohl auf dem Weg zu seinem Herren und Meister. Augenscheinlich war auch er nicht in bester Stimmung.
Der Fährtensucher machte weiter die Runde um das Schlachtfeld.
Er sah wie sich gerad einige Soldaten in tausend Knochensplitter auflösten, getroffen von der großen Streitaxt des Minotaur. Auf den Felsen über diesem Wesen, stand jemand, der irgendwie nicht genau zu erkennen war. Doch Arnulf konnte sich zusammenreimen, dass es die Hexe der Bergelfen war. Was hatte sie hier zu suchen?
Arnulf war sich nicht mehr sicher, ob er weiter nach den Beobachtern suchen wollte.
Und richtig, seine Schwester war ebenfalls anwesend, sie saß gut verborgen auf einem Baum. Sie hatte einen besorgten Ausdruck im Gesicht.

Die Überraschung des Tages war jedoch sein letzter Fund: der ehemaliger Erste Sekretär des Königs! Arnulf hatte keine Ahnung welche Funktion er im Augenblick bekleidete.
Er verbarg sich hinter einem Baum und starrte wie gebannt auf die Szenerie. Angst war ihm ins Gesicht geschrieben, aber Arnulf würde wetten, dass er an keinem Ort dieser Welt lieber sein würde als hier.
Arnulf wollte einfach nicht weiter nachsehen, wer sich hier in den Büschen verbarg. Das Ganze war ein riesiger Alptraum. Ihm wurde wieder schwarz vor Augen. Die Wärme kehrte zurück in seinen Körper. Es war als erwache er aus einem Traum. Aber es war kein schöner Traum gewesen. Was ihn am meisten beschäftigte, was sollte er mit seinem Wissen anfangen?
"Es ist nie einfach, das Wissen um all die Dinge, die passieren in einen logischen Zusammenhang zu bringen!"
Die kalte Stimme trug kein Mitleid für den Fährtensucher in sich. Es war nur eine allgemeingültige Feststellung. Arnulf nickte, es würde reiner Zufall sein, wenn er jetzt den richtigen Schritt machte. Der Jäger verwandelte sich wieder in die schwarze Finsternis und löste sich auf.
Der Fährtensucher sammelte den Minotaur ein. Er hatte sich als sehr nützlich gegen die Knochenmänner erwiesen. Auf diese Hilfe wollte er vorläufig nicht verzichten.
Der große Kerl sah den Fährtensucher irgendwie nachdenklich an.
"Warum braucht dich Nahseth für seinen Kampf mit Chordar? Du bist so ein schwaches Wesen, wie kannst du ihm schon helfen!"
"Frag ihn selbst, wenn du ihn siehst. Ich für meinen Teil, hätte gern darauf verzichtet", rief Arnulf grantig zu dem gehörnten Wesen.
"Wir werden jetzt eine Spur aufnehmen und dann werden wir sehen, wie sich alles entwickelt!"

Arnulf ging mit seinem großen Begleiter zu der Stelle, an der Hagenar und der Zauberer vorhin die Geplänkel beobachtet hatten. Er war gespannt welches Ziel sie hatten.
Sie waren in mäßigem Trab fortgeritten. Sie hatten also keine Angst verfolgt zu werden.
War Tarnas jetzt ein so mächtiger Zauberer, der gelassen den Tod herauszufordern vermochte?
Die Dunkelheit beendete vorerst die Verfolgung.
Es war eine klare Nacht. Ein unübersehbares Meer aus Sternen funkelt am Himmel. Arnulf war sich sicher, in dieser Nacht zufriedengelassen zu werden. Der Jäger war sicherlich nicht sehr weit.

Der Minotaur stieß mit dem Stiel seiner Streitaxt gegen Arnulf. Der erhob sich übellaunig und murmelte, "Rindvieh!"
Der Minotaur schnaubte gefährlich und ließ seine Axt lässig kreisen. Arnulf nahm das als Warnung. Dieser Kerl sollte ihn eigentlich schützen!
Langsam aß er etwas von seinem wenigen Proviant.
Arnulf nahm kurz darauf die Spur wieder auf. Dabei fragte er sich, ob der ehemalige Sekretär hier noch in der Nähe war. Wenn ja, hatte er sicherlich keine schöne Nacht durchlebt. Die eigentliche Frage war aber doch, in wessen Dienst stand er?
Hagenar war ohne Umwege zu seinem Anwesen geritten. Der Freiherr fragte sich ob der Königsbruder leichtsinnig war oder ihn einfach in die Falle locken wollte. Wahrscheinlich das Zweitere, sagte sich Arnulf. Er war eine Laus im Pelz, die ihm sicherlich lästig war.
Also würde er ihm den Gefallen tun und ihn verfolgen. Natürlich wusste Arnulf genau, wo der Königsbruder sein Anwesen hatte.

Er wusste auch, dass er sich nicht viel Mühe gab, sein Schloss in Schuss zu halten. Das lag sicherlich auch an seiner chronischen Knappheit an Zahlungsmitteln. Trotzdem war es sehr schön gelegen und dabei recht einfach zu verteidigen.
Hagenars Schloss war auf einem flachen, felsigen Hügel errichtet worden. Am Fuße des Berges sollte sich der Sage nach eine Bärenhöhle befinden. Dieser Bär soll allen Besitzern dieses Schlosses immer entscheidend bei der Verteidigung geholfen haben. Er war stets in der Nacht über die jeweiligen Belagerer hergefallen. In fürchterlichem Zorn hatte er unter den Soldaten gewütet.
Dafür hatte er samt seiner Höhle auch ein Platz auf dem Wappen von Hagenar gefunden.
Der Fährtensucher hatte in jungen Jahren danach aus reiner Neugier gesucht, aber weder eine Höhle gefunden, noch dort in der Nähe einen Bären gesehen. Aber solche Sagen konnten sehr nützlich sein über die Jahre.
Der Freiherr war nach wie vor der Meinung, Hagenar spekulierte auf seine Machtübernahme des Sonnenfeldes. Und damit hatte er auch gleichzeitig eine etwas imposantere Festungsanlage zur Verfügung.
Er bewegte sich extra langsam auf das Schloss zu. Er wollte es erst am Abend erreichen. Vielleicht würde es ihm gelingen, den Beobachtern zu entkommen. Allerdings war das mit dem Minotaur wohl eher unwahrscheinlich. Es musste sich halt irgendwie ergeben.
Er bemerkte sehr bald, dass er nicht allein war. Er wurde mit einigem Abstand begleitet. Er änderte unauffällig seine Richtung. Doch seine unsichtbaren Begleiter blieben ihm treu. Der Minotaur bemerkte von all dem augenscheinlich nichts. Stoisch stampfte er weiter durch den Wald.

Von allen Richtungen flogen plötzlich Seilschlingen auf den großen Kämpfer zu.
Unwillig riss er an den Seilen. Doch es fiel ihm immer schwerer sich zu bewegen. Wie ein Baum stürzte er schließlich zu Boden. Dabei brüllte er ohrenbetäubend. Das musste man noch in Ylstenbyrg gehört haben!
Als Antwort kam das triumphierende Bellen der Gnolls.
Arnulf stand kampfbereit da und wartete ab. In dem Wald ringsherum wurde eine Vielzahl von Gnolls sichtbar. Sie zerrten den Minotaurus mit großer Anstrengung zu Boden. Als sie ihr schweres Werk vollbracht hatten, jaulten sie schauerlich.
Der Freiherr sah ihnen reglos zu. Drei dieser Hundewesen kamen schließlich auf ihn zu. Zwei steckte er blitzschnell mit Pfeilen nieder. Das führte nur dazu, dass noch mehr Gnolls sich kampfbereit vor ihm aufstellten. Aber sie griffen ihn nicht an, sondern standen nur abwartend da. Arnulf sah keine Möglichkeit ihnen zu entkommen. Er blieb einfach reglos stehen.
Dann drängte sich der Anführer dieser Truppe zwischen ihnen hindurch. Es war der Zauberer, den Arnulf erst kürzlich an Hagenars Seite gesehen hatte.
"Sei gegrüßt Freiherr", sagte der Zauberer und verneigte sich ein wenig, was wohl eher ironisch gemeint war.
"Wir standen uns nun schon so oft gegenüber! Aber da gab es immer eine Barriere zwischen uns! Das ist jetzt nicht mehr so! Das gefällt mir auch viel besser, es bringt dir deine eigene Sterblichkeit gleich etwas eindringlicher zu Bewusstsein! Mir fällt ein, ich habe mich dem Freiherren noch gar nicht vorgestellt!" Aus dem Gesicht des Zauberers war inzwischen alle Ironie gewichen.
"Mein Name ist Azerbur!" Er sah finster auf seinen Gefangenen und erkundete den Eindruck, den sein Name auf den Fährtensucher gemacht hatte. Der Zauberer schien nicht zufrieden.
"Du trugst einmal den Namen Tarnas", stellte Arnulf richtig.

Der Zauberer trat noch etwas näher an ihn heran und winkte ab. "Tarnas wurde von deiner Schwester sehr wirkungsvoll verflucht. Der Arme war nicht mehr er selbst! Ich benutze aber hin und wieder seine Hülle. Das ist in manchen Situationen ganz nützlich. Dieser Hagenar hat noch nicht einmal bemerkt, dass Tarnas ein anderer geworden ist! Er ist wirklich einfältig, um nicht zu sagen dumm!"
Arnulf war sich nicht sicher, was er diesem Zauberer glauben konnte. Wenn nur die Hälfte seiner Worte der Wahrheit entspräche, war das schon schlimm genug!
"Du bist dir sicher nicht im Klaren darüber, in was für einen elementaren Kampf du hineingezogen wurdest. Das halte ich dir natürlich zu gute." Der Zauberer sah den Freiherren mit einem beinahe freundlichen, etwas nachsichtigen Blick an.
Kurz darauf winkte er den Gnolls zu, die auf das Zeichen hin den Fährtensucher fesselten.
"Es braucht nur eines kleines Winks und sie werden dich zerfetzen. Sie sind nicht gut auf dich zu sprechen, seitdem du ihren Schamanen unlängst in den verdienten Ruhestand befördert hast. Das ist dir hoffentlich klar?"
Was sollte Arnulf dazu sagen? Es könnte sein letzter Abend heute sein. Aber der Abend fing ja erst an. Azerbur winkte den Gnolls noch einmal und sie zerrten ihn in die Richtung von Hagenars Anwesen. Stumm ließ er die Tritte über sich ergehen. Immerhin hatten sie seine Waffen nicht mitgenommen.
Vor dem Tor zum Anwesen Hagenars mussten sie kurz warten. Die Wachen waren von dem Auftauchen der Hundlinge mit ihrem Gefangenen überrascht.
Mit angewiderten Gesichtern sahen die Wächter die Gnolls an. Trotzdem ließen sie die Hundlinge schließlich passieren. Arnulf hatte den Eindruck, dass es nur einen kleinen Funke brauchte, um

hier sofort Feindseligkeiten zwischen Menschen und Gnolls ausbrechen zu lassen.
Er wurde grob über das Steinpflaster des Hofes gezerrt, trotzdem er keine Gegenwehr leistete.
Die Tür zum Schloss wurde von einem Diener geöffnet. Arnulf überlegte kurz, wo er diesen Mann schon einmal gesehen hatte. Ihm blieb kaum Zeit weiter bei dieser Überlegung zu verweilen, er wurde grob zu Boden gestoßen. Als er hoch sah, starrte Hagenar mit einem zufriedenen Ausdruck im Gesicht auf ihn hinab.
"Hab ich dich endlich! Der Dorn in meiner Seite wird hier und jetzt endlich entfernt!"
"Hagenar, nimm dir noch ein wenig Zeit", rief der Zauberer überraschend sanft, als sei er nur ein Bediensteter von ihm. Azerbur schien andere Pläne für Arnulf zu haben. Hagenar schien darauf aber keine Rücksicht nehmen zu wollen.
"Warum? Er hat viele meiner Pläne vereitelt! Wahrscheinlich wäre ich ohne ihn schon längst der Herrscher über Bergisch-Bachland!"
Er musste kurze Zeit mit sich ringen, um den Gefangenen nicht sofort zu töten. Sein Dolch schwebte schon für kurze Zeit über Arnulfs Haupt. Dann schob er grollend seine Waffe jedoch wieder in die Scheide. Er schien doch vor dem Zauberer den Mut zu verlieren.
Damit war für Arnulf klar, dass er nicht sofort sterben würde. Der Zauberer wollte noch etwas von ihm erfahren, sonst wäre er schon längst der neueste Zugang in der Armee der Untoten.
Er wurde auf dessen Zeichen hin von zwei Soldaten wieder auf die Füße gestellt. Sie zerrten ihn rücksichtslos eine Treppe hinab, an deren Ende ihn ein feuchter Keller erwartete. Im Schein ihrer Fackeln fesselten sie ihn an einen steinernen Pfeiler.
"Hier unten kannst du ganz in Ruhe über dein vergangenes Leben nachdenken", sagte ein Wächter sarkastisch. "Und nimm dir nicht

mehr so viel vor, du wirst wohl nie wieder das Tageslicht erblicken!"
Die Soldaten lachten freudlos. Die Tür wurde mit einem lauten, endgültigen Knall zugeworfen. Arnulf hörte den Schlüssel sich zweimal im Schloss drehen.
Er blieb in völliger Finsternis zurück.
Arnulf konnte sich nur noch auf seine Ohren verlassen.
Er fragte sich natürlich, was sie mit ihm vorhaben konnten. Ein schneller Tod würde es sicherlich nicht sein!
Es brauchte einige Zeit, bis er sich an die Stille gewöhnt hatte. Er atmete flach, um mehr zu hören. Sein Herzschlag und das Rauschen des Blutes in den Ohren störten ihn dabei.
Bald konnte er jedoch neben dem Tropfen von Wasser auch ferne Gespräche hören. Er hörte das zuschlagen von Türen. Das half ihm alles nicht weiter. Er nickte später ein und erwachte mit steifem Hals von einem kratzenden Geräusch. Es kam offensichtlich von weit her.
Die Kälte der Höhle war ihm in die Knochen gezogen. Alle Gelenke schmerzten, in seinem Kopf hallte ein dumpfes Pochen. Er überlegte, ob man ihm etwas eingeflößt hatte. Er konnte sich jedoch nicht an dergleichen erinnern.
Plötzlich hörte er Pfoten flink über den feuchten Boden rennen. Wenig später nahm er genau vor sich das hecheln und winseln eines Hundes wahr. Es war mit Sicherheit Streuner, der Wolfshund! Wer sollte es auch sonst sein?
Mit leisem Knurren riss der Hund an der Lederfessel, bis sie herabfiel. Arnulf wäre beinahe nach vorn gefallen. Er stützte sich an den Pfeiler, an den er noch vor kurzen gefesselt gewesen war. Es war keine Zeit zu verlieren, er musste hier weg. Er schlug sich ein, zwei Mal ins Gesicht um wach zu werden und taumelte dann dem tapsen der Hundepfoten hinterher. Am Ende musste er auf

allen Vieren kriechen. Die Höhle hatte sich zu einer schmalen Röhre verjüngt.
Er zwängte sich mit der verbliebenen Kraft immer weiter, bis er schließlich in der Röhre feststeckte! Steine pressten sich schmerzhaft gegen seine Schulter. Er verbiss sich Schmerzensschreie, die Genugtuung wollte er Hagenar nicht gönnen
Im Gesicht spürte er schon einen kalten Windzug. Die Freiheit war schon zum Greifen nahe! Doch er konnte nicht weiter, das stand fest!
Streuner winselte draußen vor dem engen Ausgang, wie um ihm etwas Mut zu machen. Er zwängte sich zwar Handbreit für Handbreit weiter. Doch nach einer endlosen Quälerei ging dann es nicht mehr vorwärts, er steckte fest!
Was für ein Tot, fuhr es im durch den Kopf. Er versuchte es noch einige Male ohne sich jedoch in irgendeine Richtung bewegen zu können. Gerade als er resignieren wollte, flüsterte eine Stimme.
"Lecke an dem Stück Leder, du wirst es gleich fühlen!"
Ein übelriechendes Bündel wurde ihm entgegen gedrückt. Seine Schmerzen waren inzwischen unerträglich. Er glaubte auf diese erbärmliche Weise sein Leben beenden zu müssen. Doch von draußen wurde mit einem Stock erbarmungslos der Lederlappen zu ihm durchgestoßen. Sein Arm brannte wie Feuer. Wahrscheinlich blutete er schon. Doch dann benebelte ein übler Geruch seinen Verstand und alles versank in Schwärze.

Etwas Klebriges rieb über sein Gesicht. Er wollte das mit der Hand abwehren, aber sein Körper schrie sofort vor Schmerz mit jeder Faser auf. Was war geschehen? Er konnte sich nicht mehr bewegen.

"Du musst jetzt eine Weile still liegen", flüsterte eine bekannte Stimme. Die Stimme klang fürsorglich, das empfand er ganz angenehm bei dem brennenden Schmerz, der ihn ganz einhüllte.
"Anka?"
Er bekam keine Antwort, vielleicht war er auch ohnmächtig geworden.
Hände packten ihn auf eine Trage und ein Esel setzte sich in Bewegung. Nach einer Weile konnte er die Sterne am Himmel sehen.
"Sie werden uns bald verfolgen", sagte seine Schwester leise.
"Wir sollten bis dahin etwas Abstand zu Azerbur haben."
"Und zu Hagenar", flüsterte Arnulf mit tonloser Stimme.
"Ach, der ist unser kleinstes Problem", sagte seine Schwester irgendwo in der Dunkelheit. "Er ist bloß der Handlanger für diesen Zauberer. Er ist aber so von sich eingenommen, das er seine kleine Rolle in dem Spiel gar nicht bemerkt!"
"Dann sollte ihm das jemand sagen, bevor er in seiner Dummheit noch mehr Unheil herauf beschwört", sagte Arnulf schwach.
"Das ist mein Bruder, immer nahe dran an den großen Geschehnissen, die unsere Welt sich drehen lassen."
Arnulf konnte nicht darüber lachen, sein ganzer Körper brannte inzwischen wie Feuer.
"Was hast du mit mir gemacht? Ich verbrenne!"
"Es wird noch schlimmer, glaube ich. Denn dein Arm ist bestimmt ausgerenkt! Ich musste dich mit Gewalt daraus zerren. Du hast Schürfwunden und dir vielleicht auch etwas gebrochen. Das müssen wir noch sehen."
Ihre Stimme klang ungewohnt besorgt. Diese Gefühlslage kannte er bei seiner Schwester eigentlich nicht. Also musste es wohl ziemlich übel um ihn stehen.
"Dieser Azerbur wird uns verfolgen. Es wird ihm wohl nicht schwerfallen uns zu finden."

"Ja, das befürchte ich auch", stimmte sie mit einiger Bitternis zu. Nach einer Weile fügte sie hinzu, "Der Minotaur wird die Leute auf dem Schloss eine Weile beschäftigen."
Arnulf lachte mit Schmerzen.
"Das ist gut, da haben die Soldaten etwas zu tun!" Sie schwiegen eine Weile, der Freiherr verlor kurz das Bewusstsein vor Schmerzen.
"Hast du etwas gegen den Zauberer in der Hinterhand?" Die Schamanin verneinte.
"Wir können nur hoffen, dass SEIN Jäger uns zur Seite stehen wird!" Dessen konnten sie aber nicht sicher sein. Das wussten beide.
Weit weg hinter ihnen hallte Kampflärm und Rufe durch den Wald.
"Es scheint Jemand das Schloss anzugreifen", mutmaßte Arnulf, er starrte in den Nachthimmel. Hoffnung keimte in ihm, das er sich dieses eine Mal nicht damit befassen musste. Sie konnten weiter Abstand zwischen sich und Hagenars Schloss bringen. Arnulf war auch überhaupt nicht neugierig, wer sein Gefängnis angegriffen hatte.
"Wann hören die Schmerzen auf", fragte er seine Schwester. Er wollte ja nicht klagen, aber die Schmerzen waren unerträglich. Wenn er bei Stimme wäre, würde er schreien wie ein sterbendes Tier!
"Es gibt hier in der Nähe den Leisen Fall, wie du ja weißt. Da werde ich dich hinlegen, ganz ohne Sachen!"
Natürlich kannte Arnulf den kleinen Wasserfall. Er war einer der etwas zahmeren, beinahe unscheinbaren Wasserfälle hier in Bergisch-Bachland.
Aber er hatte jetzt keine Meinung zu eiskaltem Wasser. Er protestierte. Anka lächelte ihn an, wie in der Kindheit schon, wenn er ihrer Meinung nach wieder etwas besonders dummes gesagt hatte.

"Wasser ist Leben! Ohne Wasser kein Leben hier oder irgendwo!" Er nickte resignierend. Wie immer hatte seine Schwester Recht, das machte sie manchmal so unausstehlich.
Der Tod hatte keine Quellen für sich, das Leben war selber die Quelle für ihn.
Seine Schwester zog ihm unsanft die Sachen vom Leib. Das dauerte eine ganze Weile, dann zerrte sie ihn mühsam unter das kalte Wasser. Arnulf wurde fast augenblicklich ohnmächtig. Nach einer Weile erwachte er von der ihn einhüllenden Kälte. Er zitterte am ganzen Körper. Doch sein Verstand funktionierte wieder.
Anka wurde aufmerksam. Sie hob die Nase in den Wind und roch in die Nacht. Kurz darauf eröffnete sie ihrem Bruder, dass Gnolls in der Nähe waren und er sich schnellstens anziehen sollte. Leise fluchend zog sich der Freiherr nicht ohne Schwierigkeiten an. Seine Finger gehorchten ihm noch nicht. Er konnte sich überhaupt nur sehr langsam bewegen. Sein Beinen drohten ständig unter ihm nachzugeben.
Nun hörte er die Verfolger auch. Er hatte keine Ahnung, wie er in seinem Zustand flüchten sollte. Seine Schwester zerrte an ihm, aber er schwankte wie ein Halm im Wind. So würden sie nie entkommen können.
Er glaubt einige Schatten an sich vorüber ziehen zu sehen. Doch er hatte wahrscheinlich halluziniert.
Doch einige Minuten später wurde das Gekläff der Gnolls hysterisch. Sie hörten Befehle und Schmerzensschreie. Jemand hielt die Gnollmeute auf. Das war gut. Denn in dem Tempo würden sie nicht mal dem alten Werner, dem Torwächter der Universität in Ylstenbyrg, entkommen können.
"Bergelfen," kommentierte Anka nur. Woher sie das wusste, blieb ihr Geheimnis. Aber sie hatten Hilfe bekommen! Die Elfenhexe war auf ihrer Seite.
"Wohin wollen wir eigentlich", fragte er seine Schwester.

"Ich hab keine Ahnung", rief sie verzweifelt. "Wir sind zu langsam! Azerbur wird uns überall finden!"
"Dann müssen wir uns etwas mit einem Vorteil suchen", sagte Arnulf schwach.
"Bring uns zum alten Jagdschloss!" Seine Schwester sah ihn entgeistert an.
"Wie soll ich das machen? Selbst wenn wir die ganze Nacht laufen, schaffen wir es nicht!"
Mürrisch sah Arnulf auf seine Schwester.
"Lass dir was einfallen! Du kannst das!"
Er hielt kurz inne, eine beinahe vergessene Erinnerung drang an die Oberfläche. Er lächelte triumphierend. Er winkte seine Schwester näher heran.
"Kannst du dich noch erinnern, als wir beide von diesem Höhlenbären verfolgt wurden. Wir waren Kinder und unsere Beine waren so kurz, dass wir es niemals geschafft hätten vor ihm wegzurennen. Doch dann hast du etwas gemacht und wir saßen plötzlich in Vaters Hütte. Erinnere dich!"
"Wir waren als Kinder leicht wie Federn, das war etwas ganz anderes!" Ihr Protest klang nicht echt, denn es könnte ein Ausweg sein.
"Höre mit deinen Ausreden auf, sonst hättest du dir die Flucht sparen können!"
Anka stöhnte gequält auf. Dann lachte sie und packte eine Hand ihres Bruders. Sie rannte los und sprang an einem Abhang in die Luft. Arnulf hörte einen für ihn unverständlichen Ausruf. Eine Beschwörung oder ein Schamanenzauber. Er fühlte sich plötzlich von etwas in der Luft gehalten. Er sah überrascht hunderte von kleinen Flügeln sich an seinen Schultern und den Armen bewegen. Er blieb ganz steif, denn er hatte Angst der Zauber würde sich gleich wieder verflüchtigen.

Und die Geschwister schwebten schon einige Meter über dem Boden. Auch seine Schwester blickte ungläubig auf ihre Arme. Dann begann sie leise zu kichern.
Es war wie in einem Traum, der Wald glitt unter ihren Füssen hinweg. Nicht so schnell wie Arnulf das bei den Gargoyles erlebt hatte, aber sie gewannen Abstand vom Schloss Hagenars.
Er spürte Fledermäuse mit enormen Tempo an sich vorbei segeln. Über ihnen leuchtete der Mond, er war der wohl einzige Zeuge dieses Zaubers.
Dann sah er etwas undeutlich die Ruine des Jagdschlosses auf sich zukommen. Ein warmes Gefühl bemächtigte sich seiner. Sie wurden sanft auf die Erde gesetzt und die Wolke aus Flügeln verweilte über ihnen.
"Du musst ihnen etwas von dir überlassen", sagte Anka zu ihrem Bruder. Er sah sie verständnislos an. Die vielen kleinen Flügel standen über ihm, als erwarteten sie etwas. Sein Körper fühlte sich noch schwächer an als vorher. Dazu sollte er ihnen noch etwas von sich geben?
"Was glaubst du, woher sie die Kraft hatten dich zu tragen", fragte ihn seine Schwester. Es lag jetzt auf der Hand. Mit einem schnellen Schnitt hatte sie ihm eine Strähne seiner Haare abgeschnitten und hielt sie in die Luft.
Die Flügel erhoben sich in die Luft und lösten sich vor seinen Augen auf. Mit ihnen auch seine Haarsträhne.
"Was war das für ein Zauber?"
"Kein Zauber, das war dein Wille zu überleben! Du wirst doch wohl jetzt fühlen wie schwach du bist!"
"Du siehst überhaupt nicht entkräftet aus, finde ich", sagte Arnulf, der sich tatsächlich völlig am Ende seiner Kräfte fühlte.
Sie lächelte ihn entschuldigend an.
"Du bist der stärkere von uns Beiden. Im körperlichen Sinne, meine ich natürlich."

Damit war für Arnulf sofort klar, wer die Kosten der Flucht getragen hatte.
"Du willst mir wirklich nicht erklären, was das für Wesen waren? Mit Sicherheit doch keine Schmetterlinge mit meinem Lebenswillen bewaffnet!"
"Das ist ein Schamanengeheimnis aus meiner Anfangszeit, an das du mich netterweise erinnert hast", erwiderte sie nur etwas nebulös. Aber sie schien dankbar für die Erinnerung daran.
Sie gingen erst einmal in das Haus. Er sammelte altes Holz zusammen und entfachte im Kamin ein Feuer. Man würde den Rauch zwar im Wald riechen können, aber er brauchte etwas Wärme und wollte auch seine Sachen trocknen. Er durfte jetzt auf keinen Fall krank werden!

Arnulf war eingeschlafen. Er träumte von einem Wasserfall. Er nahm das Rauschen fast körperlich war. Es musste gewaltige Mengen von Wasser sein, die dort hinabstürzten.
Der Kurzbach kann das nicht, sagte jemand in seinem Kopf. Der Leise Fall ebenfalls nicht.
Irgendwie war er darüber enttäuscht. Es musste eine schnelle Lösung geben, dachte er. Aber wo und wie?
Er roch etwas Gebratenes und hörte undeutliche Stimmen. Es wurde Zeit aufzustehen. Es fiel ihm unendlich schwer, die Augen überhaupt zu öffnen.
Ein Feuer blendete ihn. Erschrocken drehte er sich schnell um und sah Hansen ins Gesicht. Der lächelte ihn milde an.
"Dem Freiherren ist heute nicht wohl?"
Der alte Fährtensucher lachte leise vor sich hin, als hielte er das für einen guten Witz. Er grinste ihn fröhlich an.
"Ich habe mir schon immer gesagt, Hansen, du möchtest nicht mit Arnulf tauschen müssen. Der hat immer so furchtbare Probleme

am Hals." Er grinste etwas schadenfroh. "Und seine Freunde kann ich immer noch nicht von deinen Feinden unterscheiden!"
"Habe ich im Schlaf gesprochen", fragte Arnulf ohne auf dessen Worte einzugehen.
"Du hast immer was von einem Wasserfall gefaselt", antwortete der Alte, ihn forschend ansehend.
"Verbarrikadiere die Tür, hier werden bald Gnolls auftauchen", forderte Arnulf. Hansen stand knurrend auf. Er schaute raus in die Dunkelheit und schloss dann leise die noch ganz passable Tür. Er suchte alles zusammen, was im Haus zu finden war und stapelte es vor die Tür.
Hansen ging alle Räume ab und fand noch einen Nebeneingang. Leise vor sich hin fluchend verrammelte er auch diesen. Sie gingen zwei Etagen höher. Zwar hatten beide keine schönen Erinnerungen an diesen Ort, aber hier oben hatten sie etwas Abstand zu den sicherlich bald auftauchenden Gnolls.
Sie konnten das heraufziehende Morgengrauen aus den kaputten Fenstern beobachten.
Arnulf erwärmte sich an dem Bild. Hansen sah ihm knurrend über die Schulter und zuckte mit der Achsel. Er sah sich nachdenklich einen umgefallenen Stuhl an, der unter dem Fenster lag. Hier hatte vor einigen Wochen die Elfenhexe gesessen und dann folgten einige dramatische Tage. Sie hingen beide ihren Gedanken nach.
"Wo ist eigentlich meine Schwester hin", fragte Arnulf später.
Hansen sah leicht genervt aus.
"Sie hat nur gesagt, dass sie wieder kommt."
Arnulf nickte verstehend. Genau so war sie, seine Schwester!
Sie würden jetzt zumindest Ruhe vor den Knochenmännern haben. Azerbur würde sicher noch andere Helfer haben. Vielleicht würde Hagenar das Schloss mit seinen Leuten angreifen.
"Wären wir nicht im Wald sicherer", fragte Hansen.

"Der Zauberer hat mehr als nur Hagenars Leute zur Verfügung. Bis zur Grenzwarte werden wir es nicht schaffen!"
Da musste ihm sein Kamerad beipflichten.
"So wie du aussiehst, du musst schon entschuldigen, wirst du den Abend nicht erleben." Arnulf war ein wenig betroffen, aber Hansen redete nie um den heißen Brei herum.
Sie hatten den Vormittag Zeit sich vorzubereiten. Dann hörten sie die Gnolls kommen. Dem Lärm nach zu urteilen mussten es viele sein.
Die Gnolls blieben an den zerfallenen Mauern stehen und schnüffelten ausgiebig. Sie waren sich nicht sicher wie sie vorgehen sollten. Sie bellten sich von allen Seiten zu.
Eine Handvoll von ihnen betrat den Hof und sahen sich um. Die beiden Fährtensucher hielten die Luft an. Sie konnten die bellende Sprache hören aber nicht verstehen. Es war als flüsterten die Gnolls.
Dann waren Geräusche im Haus zu hören. Ein Trupp war eingedrungen!
Hansen ging eine Etage tiefer. Arnulf wollte ihn zurückhalten, doch wie sollte er das tun, in seinem Zustand?
Eine Zeit lang war nichts zu hören. Dann begann ein heftiger Kampf. Die Gnolls jaulten immer wieder auf. Das war das Zeichen für die draußen Wartenden. Sie stürmten auf das Schloss zu. Arnulf hatte nur Hansens Bogen und schoss einige Pfeile ab. Er merkte wie sehr ihn das anstrengte. Da hatte der alte Hansen wohl Recht, er würde den Abend nicht erleben!
Doch mit wütenden Gebrüll brach nun eine bekannte Gestalt aus dem Wald und walzte durch die Reihen der Angreifer. Der Minotaur war wieder da und wirbelte seine riesige Streitaxt über den Köpfen der Gnolls.
Arnulf wunderte sich über sein plötzliches Auftauchen, aber es waren viele Parteien im Spiel und einige schienen ihm sogar

wohlgesonnen. Vielleicht war er aber auch nur eine wertvolle Figur im Großen Spiel.
"Was ist das da Unten, " fragte Hansen laut eine Etage tiefer.
"Ein Minotaur, eine Leihgabe der Elfenhexe."
"Er hat irgendwie Ähnlichkeit mit deinem alten Kumpel Karls", rief der Alte lachend. Das gab Arnulf einen Stich ins Herz. Er vermisste seinen Kameraden immer noch sehr, musste er einmal mehr feststellen.
Der Freiherr lehnte sich erschöpft an die Wand. Seine Kraft war aufgebraucht.
"Wie sieht es da draußen aus", fragte er den Alten.
"Der Kerl räumt ordentlich auf mit den Gnolls, die feigen Köter werden wohl bald flüchten."
Wieder hatten sie ein paar Augenblicke gewonnen.
Es wurde ruhig auf dem Hof und Arnulf schleppte sich die Treppe hinunter zur Tür.
Der Minotaur sah ihn an. Auch er hatte im Kampf gegen die Gnolls einstecken müssen. Arnulf hätte gar zu gern gewusst was diesem Wesen gerade durch den Kopf ging. Sicherlich nicht allzu viel.
"Wie hast du hierher gefunden", fragte Arnulf.
"Ich musste doch nur den stinkenden Gnolls folgen", antwortete das Wesen. "Du siehst aus, als wenn du gleich stirbst", fügte er mitleidlos hinzu. Es war eine zutreffende Feststellung.
"Dann musst du dir einen neuen Spielkameraden suchen", erwiderte Arnulf schwach.
"Du kannst jetzt nicht sterben! Deine Aufgabe ist noch nicht erfüllt."
Dem schlichten Gemüt dieses Riesen konnte man nicht widersprechen. Es hatte einfach keinen Sinn.
"Kannst du mit einem Zauberer kämpfen", fragte Arnulf den Minotaur. Der sah ihn schweigend an. "Ich glaube nicht", sagte er schließlich.

"Ich dachte, du bist auch ein magisches Wesen", sagte der Fährtensucher.
"Ich bin aus Magie gemacht, glaube ich. Aber gegen einen Zauberer kämpfen kann ich bestimmt nicht!"
"Wenn diese Magie verfliegt, bist du wohl wieder verschwunden", vermutete Arnulf. Der Minotaur sah ihn nur stumm an.
"Wir haben noch bis zum Abend Ruhe", sagte Arnulf zu Hansen. "Wenn du willst, kannst du vorher gehen." Hansen sah ihn stirnrunzelnd an.
"Wohin soll ich gehen? Du hast mir vor einiger Zeit gesagt, ich soll dich hier treffen! Jetzt soll ich wieder gehen?" Hänsten schüttelte verständnislos den Kopf. Arnulf wiegelte ab.
"Ich meine nur, es ist nicht deine Angelegenheit." Hansen sah erbost aus.
"Dann mache ich es zu meiner Sache! Für wen hältst du mich? Bin ich dein Botenjunge, den du hierhin und dahin schicken kannst?" Arnulf musste angesichts dieses Gefühlsausbruches grinsen. Der alte Fährtensucher war ein schlechter Schauspieler, er wollte doch ganz offensichtlich bei den kommenden Ereignissen unbedingt dabei sein.
"Es geht mich sehr wohl etwas an, wenn ich bald meinen Weg gehen muss, möchte ich nicht vom Torwächter abgewiesen werden und seinem Kindergarten beitreten müssen!" Ihm kam ein interessanter Gedanke.
"Dann könnten wir einmal gegeneinander kämpfen!"
Arnulf sah ihn irritiert an. Hansen hatte manchmal absurde Einfälle! Dieser Gedanke war für den Freiherren erschreckend, aber auch einleuchtend. Und bot einen Ansatz. Der große Teil dieser Knochenmänner wollte sicherlich in die letzte Dunkelheit gehen und nicht irgendwo im Nebel herumstolpern und von Chordar herumkommandiert werden.

"Sieh nach, ob der Zauberer oder sonst wer kommt", forderte der Freiherr Hansen auf. Der stöhnte ein wenig.
"Na also, der Mensch braucht Aufgaben. Ich werde mich umsehen und das große Rind wird dich so lange bewachen", rief Hansen sarkastisch.
Dann schnallte er sich ohne ein weiteres Wort die Waffen um und verschwand im Wald. Arnulf stand am Fenster und sah in Richtung der Ebene von Ylsten hinunter. Er wollte nur eine entspannende Aussicht sehen. Hilfe war aus dieser Richtung nicht zu erwarten.
Der Freiherr erholte sich langsam an diesem erstaunlich ruhigen Tag. Er fand einen Zugang in den Keller, der ihm vorher nicht aufgefallen war. Dort lagerten allerlei Fässer und auch ein Fässchen Lampenöl. Davon goss er etwas in einen Holzeimer und platzierte ihn am zerstörten Tor des Geländes. Man konnte natürlich auch über die zerstörten Mauern auf den Hof mit den Stallungen kommen. Doch er war der Meinung, dass sich keiner die Mühe machen würde, die Knochenmänner über die Mauer zu jagen.
Am späten Nachmittag kehrte Hansen zurück. Er sah erschöpft aus.
"Ich glaube, es kommt alles, was sich gegen IHN verbündet hat", sagte der alte Fährtensucher nachdem er gierig einen Schluck Wein getrunken hatte.
Den Wein hatte Arnulf in einer vergessenen Ecke des Vorratskellers gefunden.
"Ich konnte die Gnolls gegen die Orks hetzen. Aber jemand hat sie dann wieder zur Räson gebracht. Aber es hat eine ganze Weile gebraucht", erzählte Hansen grinsend.
"Hagenar hat auch einige Männer auf den Weg hierher geschickt. Aber sie haben es wohl nicht sehr eilig."
"Das heißt, wir haben noch etwas Zeit, bis wir vor dem Tor der Ewigkeit stehen werden."
Hansen nickte langsam.

Wer sollte den Zauberer jetzt noch aufhalten? Wer konnte den Zauberer aufhalten? Einzig Nahseth wäre dazu in der Lage. Doch der Wächter kam und ging wie es ihm beliebte. Er schien sein ganz eigenes Spiel zu spielen.
Nicht viel später hörten sie die Gnolls erneuert sich dem Schloss nähern. Die Stille des Waldes wurde nun von ihrem Sprechgebell erfüllt. Jemand hatte sie ein weiteres Mal gegen den Freiherren gehetzt, doch wer?
Die beiden Fährtensucher verbarrikadierten die Türen zum Schloss und zogen in den zweiten Stock. Sie nahmen die Bogen in die Hand und legten sich Pfeile zurecht.
Einige Späher schlichen schon bald über den Hof und sahen sich um.
Hansen brachte einen zur Strecke. Der Rest der Vorhut zog sich sofort zurück. Es blieb in der nächsten halbe Stunde ruhig.
Als nächstes drängten Gnolls mit großen Holzschilden auf den Hof. Sie versuchten sofort die Tür des Hauptgebäudes zu erstürmen. Doch im ersten Anlauf gelang es ihnen nicht, die alte Eichentür aufzubrechen. Arnulf fühlte Zorn in sich aufsteigen. Jemand versuchte in sein zukünftiges Schloss einzubrechen!
Er stieg leise die Stufen hinab und bewaffnete sich mit einer Armbrust. Die Gnolls schoben die Tür ein Stück auf. Sofort schoss Arnulf durch den Spalt. Die Gnolls antworteten mit zornigem Gebell. Sie stießen mit Lanzen durch den Spalt. Der Freiherr schlug mit einer Axt die Spitzen ab. Die Angreifer versuchten mit ihrem Gewicht die Tür weiter zu öffnen. Sofort schoss der Freiherr weitere Pfeile ab.
Böse knurrend zogen sich die Angreifer zurück.
"Orks kommen", rief Hansen von oben. Die Sache wurde ernster. Orks waren wesentlich heimtückischere Kämpfer als die Gnolls. Sie gaben auch nicht so schnell auf.

Wenig später schlichen deren Späher auf dem Hof umher. Sie untersuchten die Türen und beobachteten die Fenster. Gleichgültig stiegen sie über die toten Gnolls. Hansen legte den Bogen an und zeigte sich kurz am Fenster. Der Pfeil durchbohrte den Ork. Sofort hoben die Orks ihre hölzernen Schilde und zogen sich hinter die zerfallene Mauer zurück.
Arnulf sah voraus, dass sie von mehreren Seiten gleichzeitig angreifen würden. Zehn Mann von der Grenzwarte zur Unterstützung wären jetzt sehr willkommen.
Es würde nicht mehr lange dauern und die Dämmerung würde nahen. Dann würde es hier zusätzlich noch von Untoten wimmeln.
Einige Orks versuchten die Tür aufzustemmen.
Eine Etage höher goss Arnulf Lampenöl auf die Angreifer und warf ein Zündholz hinterher. Eine heftig fauchende Flamme trieb die Orks auseinander. Durch das Fenster zischten Pfeile ins Zimmer und bohrten sich in die Decke. Gleichzeitig rammten die Orks unten die Tür ein Stück auf.
Der Freiherr stellte sich mit einer Armbrust im Anschlag gleich dahinter. Er streckte den ersten Eindringling sofort nieder und lud eilig nach. Doch wie auf ein geheimes Zeichen zogen sich die Orks zurück.
Arnulf hörte einige Pferde auf den Hof kommen.
Jemand schrie auf und fiel vom Pferd. Hansen legte den nächsten Pfeil an.
"Ist das die Art des Hauses, so seine Gäste zu begrüßen", rief eine bekannte Stimme von draußen.
"Ich habe niemanden eingeladen", erwiderte Arnulf durch den Türspalt.
"Das ist recht anmaßend von dir, Freiherr", sagte die Stimme draußen. Es war tatsächlich Hagenar dort draußen!
"Es gehörte über Generationen meiner Familie", sagte der Bruder des Königs ohne Groll in der Stimme. Es klang eher gleichgültig.

"Aber wenn ich mich recht erinnere, waren wir nie gerne hier. Es hieß schon damals, dass ein Fluch auf diesem Haus liegt!"
"Es gehört nicht mehr zu Euch, es ist ordnungsgemäß in meinen Besitz übergegangen, " rief Arnulf. Der Reiter vor der Tür lachte.
"Mitsamt dem Fluch? Da hat mein Bruder dir bestimmt Nachlass gewährt, damit du dir das auch leisten kannst!" Hagenars Begleiter lachten laut auf.
"Was hast du auf meinem Grund und Boden verloren", fragte Arnulf und sah vorsichtig durch das Fenster. Sofort hagelte es Pfeile von draußen.
"Du stehst einem lieben Freund von mir ständig im Weg", begann Hagenar. "Vielleicht können wir die Unstimmigkeiten friedlich beilegen. Was hältst du davon, wenn wir am Feuer darüber reden?"
"Es gibt nicht viel zu reden, mit einem halben Dutzend Pfeilen im Bauch! Ich sehe deine Bogenschützen!"
"Die könnten auch ihre verdiente Pause jetzt genießen, wenn du es willst."
Er hörte Hansen sein Schwert leise ziehen. "Sie kommen durch die Küche", flüsterte er. Arnulf eilte an die Rückwand des Vorraums. Er stieg einige Stufen höher und wartete ab.
Im Zwielicht sah er drei Männer lautlos hereinschleichen. Das waren ganz klar erfahrene Mörder, vielleicht sogar Assassinen. Sie verständigten sich mit kurzen Handzeichen.
Wenn er jetzt die Armbrust abschoss würde er sich verraten.
Einer der Eindringlinge schlich langsam die Treppe hoch. Arnulf hielt den Atem an.
Mit einem Poltern sprang ein abgetrennter Kopf die Treppe hinab. Der Torso bewegte sich langsam in die gleiche Richtung. Die beiden anderen Männer standen stumm am Fuß der Treppe.

Arnulf schoss seinen Pfeil ab, traf aber nur die Schulter seines Ziels. Ein Aufschrei folgte. Sie wendeten sich ihm zu, das nutzte Hansen und sprang die Treppe hinab.
Arnulf verrammelte die Tür zur Küche, während Hansen den Toten die Waffen abnahm.
Sie zogen sich ins zweite Stockwerk zurück. Arnulf roch Feuer und schaute kurz nach draußen. Brandpfeile wurden entzündet und an die Bogenschützen verteilt.
Der Freiherr nahm ein Tongefäß vom Gürtel und öffnete es. Er riss ein Zündholz an und hielt es über das Gefäß. Der Inhalt entzündete sich sofort.
Er warf den Tontopf aus dem Fenster auf die Bogenschützen. Er schien unendlich langsam durch die Luft zu fliegen bis er aufprallte und zersplitterte.
Beim Aufschlag schlug eine Flamme zwischen den Soldaten hoch, die Pferde scheuten erschrocken. Einige Männer versuchten ihre Umhänge zu löschen. Hagenar bemühte sich seine Soldaten wieder zu formieren. Er schrie wütend und schlug auf sie ein.
Dann wurde es schlagartig unangenehm kühl. Die Soldaten sahen sich nach ihrem Anführer um. Sie erwarteten auf seine Befehle.
Von den Orks war niemand mehr zu sehen.
Azerbur stand plötzlich zwischen ihnen. Er wirkte unzufrieden.
"Es war doch wohl eine einfache Aufgabe, diesen Fährtensucher zu fangen oder zu töten. Er steckt in einer Hausruine und kann nirgendwo hin!"
Er sah zu Hagenar hinauf, der unbehaglich in seinem Sattel hin und her rutschte. Seine Männer zogen sich langsam zurück.
"Ich frage mich wirklich, wie meine Wahl auf dich fallen konnte, wo du doch in wirklich allem absolut unfähig bist! Du kannst dein Haus nicht sichern, du kannst zwei armselige Gestalten nicht fangen. Ich habe gehört, in Ylsten warst du auch erfolglos. Du wirst nie einen Thron besteigen, das ist mir in diesem Augenblick klar geworden!"

Er ging gleichgültig über den beleidigten Blick des Königsbruders hinweg.
Der Zauberer wendete sich dem Schloss zu. Hinter ihm strömte eine unüberschaubare Anzahl Untoter Soldaten auf den Hof.
"Bringen wir es zu Ende", rief Azerbur mit Grabesstimme zu dem Jagdschloss hoch. Doch sein Vorhaben verzögerte sich gleich wieder.
Mit einem markerschütternden Brüllen tauchte der Minotaur zwischen den Untoten auf.
Das war das endgültige Zeichen für Hagenars Soldaten, zu fliehen. Gleichgültig sah Azerbur ihnen hinterher. Chordar tauchte an dessen Seite aus dem Nichts auf.
"Enttäusche du mich nicht auch noch", sagte er grollend zu dem Schatten.
"Nein Herr, mit Sicherheit werde ich dich nicht enttäuschen!"
Für Arnulf war jetzt der Zeitpunkt gekommen, sich Verstärkung zu wünschen. Er entzündete einen Brandpfeil und schoss ihn auf das Fass mit dem Lampenöl am Tor. Eine Flamme loderte fauchend zwischen den Untoten in die Höhe. Viele verbrannten. Doch es rückten weitere nach, es war sinnlos, so schien es. Niemand konnte gegen diese Masse aus Untoten bestehen.
Der Vormarsch der Untoten kam jedoch unvermittelt ins Stocken. Nahseth stand vor ihnen. Die Klinge seines Schwertes sog die Untoten Seelen auf.
Azerbur sah interessiert zu und nickte zu Chordar. Mit einer Handbewegung schien er die gesamte Hölle geöffnet zu haben. Aus dem Nichts strömten immer neue Untote herbei. Unermüdlich schwang Nahseth sein Schwert, das matt in der Dunkelheit zu sehen war. Der Jäger versuchte sich Chordar zu nähern. Unendlich langsam arbeitete er sich dem Torwächter des Totenreiches entgegen. Der verblasste langsam.

"Du willst dich doch nicht davonstehlen", rief der Zauberer Azerbur ohne Zorn von seinem Pferd ihm hinterher. Er schien eher amüsiert.
"Ich muss mich wohl nach einem neuen Helfer umsehen", sagte er zu sich selbst und ging langsam auf das Schloss zu. Arnulf hatte keine Idee, wie man diesem Zauberer entgegen treten konnte, der über Leben und Tot zu herrschen schien.
Nahseth wuchs vor dem Zauberer in die Höhe und schwang sein Schwert. Doch es geschah nichts.
"Du hast keine Macht über mich", sagte der Zauberer abweisend zu dem Jäger. Nahseth versuchte mit seinem Schwert nach ihm zu stoßen. Doch es gelang ihm nicht. Der Schatten verwandelte sich in die Kriegerin und wieder in den Schatten.
Es sah für Arnulf so aus, als wenn das Spiel verloren war. Die Knochenmänner strömten wieder ungehindert auf den Hof des Jagdschlosses. Der Minotaur stellte sich ihnen unverdrossen in den Weg. Doch am Ende würde auch er scheitern.
Nahseth wurde mit einer Handbewegung Azerburs zur Seite geschleudert. Der Schatten stürmte sogleich wie ein Sturmwind erneuert gegen den Zauberer. Der winkte ihn von sich wie ein lästiges Insekt.
"Sieh es endlich ein, du kannst mir nichts anhaben. Ich trage so viele Leben in mir, wir könnten noch hundert Jahre weitermachen und du würdest doch verlieren!"
Azerbur bahnte sich den Weg zum Schloss und trat ein.
Mit einer Bewegung erhellte sich der Eingangsbereich mit einem grünlichen Lichtschein. Arnulf stand vor ihm wie ein kleiner Junge und konnte sich nicht bewegen.
Azerbur betrachtete ihn interessiert.
"Du hast eine Menge Helfer", sagte der Zauberer mit Anerkennung zu ihm. "Du wärst mir bestimmt ein besserer Schildknappe

gewesen als dieser aufgeblasene Königsbruder. Aber er ist auch bloß ein kurzer Augenblick in meinem ewigen Leben."
"Was kann dir dieser Mann geben, was du nicht hast", fragte Arnulf. Azerbur sah ihn zufrieden an. "Das ist genau die entscheidende Frage und ich werde sie dir nicht beantworten! Hagenar, dieser dumme Kerl, er weiß es nicht einmal selbst."
"Er hat etwas, was dir gefährlich werden kann", mutmaßte Arnulf.
"Du solltest dich hüten, deinen Verstand so frei umherstreifen zu lassen! Das kann schlimm für dich enden. Sehr schlimm!"
Mit einer kleinen Handbewegung schleuderte er den Freiherren aus dem Weg. Ächzend schlug Arnulf gegen die Wand des Schlosses. Ihm drohten die Sinne zu schwinden. Hansen zerrte ihn hinter die Küchentür. Nicht, das sie dort sicherer gewesen wären. Aber es war halt ein besseres Gefühl.
"Kann es sein, das er ein Drachenei hat, irgendwo unten in seinem Keller", rief Arnulf durch die Tür.
Azerbur lachte auf. "Du hast einen recht hellen Verstand, für einen schlichten Mann!"
Im nächsten Augenblick stand er schon direkt vor dem Fährtensucher. Der Zauberer betrachtete die weiße Strähne. "Du trägst schon SEIN Zeichen", stellte er fest. "Nur dumm, es wird dir hier und jetzt nicht helfen!"
"Wobei helfen", fragte Arnulf sofort.
"Nun, diese Nacht zu überdauern, " bekam er zur Antwort. Das Gesicht des Zauberers veränderte sich, seine Züge verzerrten sich bösartig.
"Es wird Zeit für dich kleiner Mann. Du stehst mir schon lange genug im Weg!"
Wie aufs Stichwort wurde in diesem Augenblick, der Rest der Tür aus den Angeln gesprengt und der Minotaurus drängte sich hinein. Der Zauberer sah überrascht aus und wurde nun wirklich wütend.

"Chordar, wo steckst du, wenn man dich einmal braucht, " rief er laut. Er musste sich dem Minotaur erwehren, der ihn hart mit seiner Axt bedrängte. Er musste auch feststellen, dass seine Zauber wenig bei dem Riesen ausrichteten.
Vom Hof her versuchte die Armee der Untoten in das Schloss zu gelangen. Der Minotaurus musste sich ihnen wieder widmen.
Azerbur bewegte sich knurrend auf Arnulf zu.
"Bringen wir es zu Ende!"
Er formte eine eisblau leuchtende Kugel mit seinen Händen und schleuderte sie auf den Fährtensucher. Gebannt starrte Arnulf auf die Kugel, die mitten im Flug Flügel bekam und die Richtung änderte. Kurz darauf war sie aus einem kaputten Fenster herausgeflogen. Ungläubig starrte Azerbur ihr hinterher. Arnulf konnte die Erkenntnis in seinen Augen formlich wachsen sehen.
"Jildhrell, du verdammte Elfenhexe! Zeig dich, ich weiß dass du hier irgendwo steckst!" Er schien vor Wut gleich zu platzen!
Er sah sich suchend um. Sie tauchte seitlich neben ihm wie ein Geist auf.
"Du bist hier auf meinem Boden, Azerbur. Hier gelten meine Regeln, das solltest du doch inzwischen wissen!"
Sie sah ihn an, wie ein störendes Insekt. Mit einer Bewegung ihrer schmalen Hand schleuderte sie den Zauberer zur Tür. Azerbur verlor das Gleichgewicht, als er über den Minotaur fiel, der gerade aus dem Leben schied. Jildhrell folgte dem Zauberer und stand schweigend neben ihm. Sie sah mit Bedauern auf die von ihr geschaffene sterbende Kreatur. Sie strich ihm über den Kopf.
"Du warst sehr nützlich in den letzten Tagen", flüsterte sie zu ihm, wie um ihn zu trösten. Daraufhin tat der Riese seinen letzten Atemzug.
Azerbur kam wieder auf die Beine und rief nach seinem Verbündeten Chordar. Sekunden später stand er im Vorraum und die Temperatur fiel Augenblicklich. Der Torwächter bewegte sich

auf die Bergelfe zu. Sie sah ihm ohne Furcht entgegen. Sie griff in ein Säckchen an ihrem Gürtel und warf etwas in seine Richtung. Eine sehr grelle Flamme blendete alle im Raum. Chordar wich zurück. Eine weitere Gestalt befand sich plötzlich im Raum, Nahseth!

Der Jäger wendete sich sofort Chordar entgegen.

"Die beiden sind wohl jetzt eine Weile beschäftigt", sagte Jildhrell ungerührt und ging dem Zauberer entgegen.

Verstohlen erreichte Azerbur die Tür und stahl sich ins Freie.

Hansen zerrte Arnulf in den nächsten Stock die Treppe hoch. Sie konnten auf dem Hof sehen, wie der Zauberer ein Pferd bestieg und in der Nacht verschwand. Jildhrell verfolgte ihn, blieb aber am Tor des Hofes stehen.

Die Untoten wichen vor der Elfenhexe zwar zurück, doch ihre Reihen blieben geschlossen, so als wollten sie die Verfolgung des Zauberers verhindern. Arnulf sah einige Bergelfen auf dem Hof auftauchen. Sie scharrten sich um ihre Hexe, als brauchte sie plötzlich Schutz.

Weder er noch Hansen hatten gute Erinnerungen an sie. Doch an Flucht zu denken war aussichtslos, alle Wege waren versperrt.

Im Parterre tobte weiterhin ein Kampf zwischen dem Torwächter und dem Jäger. Die Fährtensucher hatten aber keinen Bedarf dies mit anzusehen. Arnulf hatte Angst das Bewusstsein zu verlieren. Er fühlte sich elend und schwach.

Unerwartet stand Jildhrell neben den beiden Fährtensuchern. Sie sah die beiden prüfend an. Mit einer fließenden Handbewegung zog sie einen kleinen Jutebeutel aus dem Gürtel und überreichte ihn an den verblüfften Freiherren.

"Das ist Hilfe unter Nachbarn, die wir nun ja bald sind", sagte die Hexe und lächelte beinahe fröhlich Arnulf an. Er wusste nicht ob er das gut finden sollte und zögerte ihn zu nehmen.

Die alte Elfe schien etwas Enttäuscht von seinem zögern.

"Du bist einfach zu misstrauisch! Es kann ja sein, das ich später mal deiner Hilfe bedarf."
Das überzeugte den Freiherren nicht wirklich, aber das Wort später bedeutete ja wohl, dass er noch eine Weile auf dieser Scholle wandeln würde.
Und sie waren tatsächlich beinahe Nachbarn, denn das Felsenschloss im Elfengraben war nur zwei Fußstunden entfernt.
Arnulf wollte nicht zögerlich erscheinen und das Pulver so einnehmen, doch Jildhrell sah ihn tadelnd an. Wie eine Mutter ihr störrisches Kind.
"Ich habe dich für etwas intelligenter gehalten. Rühr es ins Wasser und trinke das, das belebt dich. Und gebe dem alten Mann auch etwas ab!"
Sie schwebte fast aus dem Zimmer, kam aber noch einmal zurück.
"Ich ermutige dich, den Gedanken bezüglich des Wassers weiter zu verfolgen. Ich bin sehr gespannt, wie du das in die Wege leiten möchtest."
Die beiden Fährtensucher sahen sich ratlos an, aber die Elfenhexe war schon verschwunden.
"Du hast wirklich furchtbare Freunde", stellte Hansen fest und stopfte sich eine Pfeife.
"Du hättest sehen sollen wie sie Akuma getötet hat!"
"Nein, ich habe ihre Fähigkeiten am eigenen Leib kennen gelernt. Ich möchte nichts mehr davon wissen", erwiderte Hansen bestimmt. Ihn schienen in dieser Sekunde längst vergessen geglaubte Schmerzen zu quälen.
Die beiden Männer fühlten sich tatsächlich wieder munterer, nachdem sie das Pulver mit Wasser in Holzkrügen gemischt hatten und vorsichtig kleine Schlucke zu sich genommen hatten.
"Wir brauchen schon wieder einen Wasserfall", sagte Arnulf und sah hoch zur Decke. Es gab hier zwar einige Rinnsale, doch da floss

zu wenig Wasser. Der Kurzbach war nicht stark genug für sein Vorhaben.
"Wo kriegen wir einen reißenden Fluss her", fragte er in das Zimmer.
"Der nächste ordentliche Fluss ist ein Stück weg", erklärte Hansen mit Überzeugung. Arnulf blieb stumm.
"Was willst du jetzt schon wieder mit einem Fluss", fragte Hansen irritiert.
"Ein Fluss bedeutet Leben!"
Hansen nickte zwar, verstand aber nicht worauf der Freiherr hinaus wollte.
Der Morgen kündigte sich an. Ein fahles Licht breitete sich aus.
"Wir müssen los", sagte Arnulf zu Hansen. Der sah ihn erstaunt an.
"So wie du aussiehst, kommt du nicht weit."
"Wenn wir nichts unternehmen, sehen wir auch bald so aus, wie die da draußen!" Seine Hand wies auf einige tote Orks. Daneben lagen auch noch die Überreste von einige Untoten, die jetzt wirklich tot waren und langsam verblassten.
Hansen schüttelte sich. "Na dann ziehen wir mal los, aber wohin willst du?"
Arnulf sammelte langsam einiges zusammen und sie suchten sich im Wald einige herrenlose Pferde.
Als sie im Sattel saßen fragte Hansen verdrießlich noch einmal nach wohin sie nun wollten.
Einen ernst zu nehmenden Wasserfall würden sie erst am Nachmittag erreichen.
"Die Weißen Fälle?" Das war das einzige Ziel das sie heute erreichen konnten hatte Hansen berechnet. Arnulf nickte, sie trieben die Pferde an.
Die weißen Fälle, sein Vater sprach immer vom Weißen Gieß, waren ein ganzes System von Wasserfällen. Das Donnern des aus großer Höhe stürzenden Wassers war weithin zu hören, und die

Gischt hatte eine leuchtende Wolke über sich gebildet. Die Fälle waren sehr gefährlich, denn sie fächerten sich in mehrere Wasserfälle auf und bildeten an ihrem Fuße wo sich die Arme wieder vereinigten schließlich einige Stromschnellen.
Die Weißen Fälle wurden von einer sagenhaften Gestalt beaufsichtigt. Der weiße Wächter schützte die Forellen, die am Unterlauf ihre Heimat hatte. Viele Jäger, die den Fischen nachstellten kehrten nie mehr zurück. Einige behaupteten sogar, dass die vielen Felsen am Ufer verzauberte Menschen waren, die versucht hatten, die Forellen zu fangen.
Aber für Arnulf war das alles nur Folklore. Er war oft dort gewesen und hatte nie einen weißen Wächter gesehen.
"Was machst du, wenn du dem weißen Wächter in die Arme läufst", fragte Hansen auch sogleich, als könnte er Arnulfs Gedanken lesen. Er kannte die Geschichten natürlich auch. Der Freiherr schien genervt.
"Ich werde ihn fragen, ob er mir ein paar von seinen Forellen verkaufen würde", knurrte er.
Arnulf hatte eigentlich noch keine richtige Idee, wie er sein Vorhaben umsetzen wollte. Das machte ihm etwas Kummer.
Erst am Abend erreichten sie die weithin hörbaren Weißen Fälle. Das donnern der Wassermassen übertönte alle anderen Geräusche in der Umgebung. Man konnte es sogar mit den Füßen auf dem Felsboden spüren.
Der Freiherr beschloss ein Seil quer vor dem Wasserfall zu spannen. Hansen sah ihm stirnrunzelnd zu. Er konnte nicht nachvollziehen, was der Freiherr damit bezweckte. Aber er half trotzdem voller Eifer mit, das Seil zu spannen.
"Woher willst du überhaupt wissen, dass sie uns hier suchen", fragte er, als sie am nächsten Morgen endlich das Seil straff gespannt hatten. In der Nacht hatten sie sich ein Lager gebaut um

trocken und sicher zu schlafen. Dazu hatten sie sich eine kleine Insel am Unterlauf ausgesucht und waren hinüber geschwommen.
"Keine Sorge, sie suchen mich! Die Knochenmänner werden schneller hier sein als wir denken."
"Gut, dass sie nur dich suchen", sagte Hansen etwas sarkastisch.
Arnulf ging nicht darauf ein. Er hatte den kleinen Kauz gesehen, der sie bei der Arbeit beobachtete.
Immerhin schien es seine Schwester zu interessieren, was er unternahm. Hilfe konnte er von ihr kaum erwarten.
Arnulf hatte sich schließlich eine für ihn vorteilhafte Stelle ausgesucht. Von hier hatte er notfalls die Möglichkeit, die andere Seite der Fälle zu erreichen. Dazu musste er natürlich über glitschige Felsen springen. Aber das Risiko musste er eingehen. Hansen würde sich auf der gegenüberliegenden Seite befinden.

Der Vorabend war plötzlich über die Landschaft gezogen, als hätte jemand die Zeit beschleunigt. Der Freiherr trank noch etwas und legte sich seine Waffen zurecht. Die Arbeiten den Tag über hatten ihn ermüdet.
Durch den Lärm des Wasserfalls konnte er die Ankunft der Knochenmänner nicht hören.
Hansen, der auf einem Baum saß, hatte die Ankunft der Diener Chordars jedoch schon registriert und einen Pfeil Arnulf vor die Füße geschossen. Hastig nahm der seine Waffen in die Hand und sah suchend zu Hansen. Der wies ihm die Richtung.
Kein Minotaurus würde ihm diesmal zur Hilfe kommen. Der schlichte Begleiter fehlte ihm nun sehr.
Er wartete ab, bis sich eine große Anzahl vor ihm versammelt hatte, dann schoss er einen Brandpfeil auf ein kleines Fässchen Lampenöl ab. Flammen spritzten umher und die Knochenmänner versuchten sich zurückzuziehen. Er verfolgte sie und schlug auf sie ein. Er

hoffte das Chordar bald auftauchte, denn seine Kondition war noch schwach. Er würde sich nicht lange behaupten können.
Neue Knochenmänner erschienen, angetrieben von einer unsichtbaren, kalten Macht.
Als Arnulf sich ihnen entgegen stellen wollte, hatte er das Gefühl beobachtet zu werden. Er sah sich kurz um. Über ihm stand eine große graue Gestalt, Chordar war gekommen. Seinem Knochengesicht konnte man keine Regung entnehmen. Es wäre interessant zu wissen, wo sich in diesem Augenblick Nahseth befand. Vor allem wäre es beruhigend für Arnulf.
Noch ehe er den Gedanken zu Ende gedacht hatte stand Chordar schon vor ihm. Er hatte ein uraltes Schwert in der Hand. Runen überzogen die Klinge. Das Metall schien es darauf abgesehen zu haben, Arnulf das Leben aus dem Körper zu saugen. Chordar begann seinen Angriff unvermittelt. Arnulf konnte gerade noch parieren. Er fühlte Angst in sich hochsteigen.
Doch auf der anderen Seite stand der verzweifelte Wille, nicht hier und jetzt zum ewigen Sklaven dieser furchtbaren Gestalt zu werden. Den nächsten Stoß hatte er schon sehen kommen. Er ging seinerseits zum Angriff über. Es gelang ihm natürlich nicht Chordar in Verlegenheit zu bringen, aber der Torwächter machte einen Schritt zurück.
Inzwischen legte sich die Dunkelheit über das Land und Arnulf hatte Mühe seinen Gegner überhaupt zu erkennen. Er zog sich in Richtung Wasserfall zurück. Er sah den Schatten des Torwächters näher kommen. Er glaubte ein Grinsen auf dem Knochengesicht zu erkennen. Aber das war sicher Einbildung.
Dann stand die Gestalt direkt vor dem Freiherren. Sein Herz raste. Die Ihm entgegenströmende Kälte drohte ihn zu lähmen. Er hörte das zischen des Schwertes in der Luft und ließ sich nach hinten fallen.
Arnulf stürzte stumm in die Tiefe des Wasserfalls.

Chordar folgte ihm sogleich, wie ein Schatten. Der Fährtensucher wurde von dem Seil aufgefangen, das ihn schmerzhaft wieder etwas hochschleuderte. Er hatte es sich um die Hüfte geschlungen gehabt.
Nun rang er verzweifelt nach Luft. Der Schmerz drohte ihn ohnmächtig werden zu lassen.
Chordar griff während seines Sturzes nach Arnulf, verfehlte ihn jedoch um Haaresbreite. Der Schatten verschwand in der Gischt unter Arnulf. Wenn Chordar noch etwas rief, konnte er jedoch nicht das Donnern der Wassermassen übertönen.
Unbeeindruckt von diesen Vorgängen ergoss sich die tosende Gischt wie seit Jahrtausenden weiterhin in die Tiefe, um dort schäumend und brodelnd im unteren Becken aufgefangen zu werden.
Arnulf zog sich an dem gespannten Seil auf die andere Seite der weißen Fälle. Es schien eine Ewigkeit zu dauern. Kaltes Wasser überspülte ihn und ließ seine Muskeln steif werden. Er begann an seinem Vorhaben zu zweifeln.
Nach einer gefühlten Ewigkeit stieß er mit der Schulter gegen etwas Hartes. Es war ein glitschiger Felsen, hinter dem Hansen auf ihn wartete.
"Hast du etwas gesehen", fragte Hansen.
"Ich glaube, er ist hinabgestürzt", antwortete Arnulf erschöpft. Wie sollten sie nun Gewissheit erhalten?
Sie starrten hinüber in die Dunkelheit. Würden die Untoten bald hier erscheinen oder hatten sie sich zurückgezogen?
Eine bekannte Kälte legte sich über Arnulf. Der Jäger war erschienen.
"Die Pforte hat sich wieder geöffnet", sagte die kalte Stimme. "Ihr seid jetzt in Sicherheit, vorerst."
"Ist er wirklich tot und meine Aufgabe jetzt erfüllt", fragte Arnulf mit wenig Hoffnung.

"Er ist nicht tot. Chordar ist irgendwo in der Zeit verloren! Es wird dauern, bis ER ihn entdeckt hat. Deine Aufgabe ist noch nicht erfüllt! Der Anstifter ist noch nicht gestellt!"
Arnulf glaubte kurz das Gesicht der Kriegerin in der Dunkelheit erkennen zu können. "Wirst du uns wenigstens helfen?"
Nahseth sah ihn eine geraume Zeit lang stumm an. Das war dem frierenden Freiherren unangenehm. Es war noch nicht das Ende, sage eine Stimme in ihm.
"Sucht das Drachenei im Hause Hagenars! Wenn das geschehen ist, kann ER euch helfen!"
"Wo sollen wir suchen, es ist ein großes Haus", fragte Arnulf enttäuscht. Er fühlte sich völlig ausgelaugt und alles in ihm verlangte nach Ruhe.
"Es gibt einen Raum, der alle seine Schätze beinhaltet. Dort werdet ihr finden was ihr sucht!"
"Wir suchen? Das ist ein schlechter Witz. Es ist nicht mehr unsere Angelegenheit", der Freiherr war erbost.
"ER wird sich erkenntlich zeigen", war die knappe Antwort.
"Jeder Wunsch wird mir erfüllt?"
"Ein Wunsch wird dir erfüllt", stellte der Jäger richtig und die Kälte verschwand.
Hansen hatte ein Feuer entzündet, damit sich der heftig zitternde Freiherr wärmen konnte.
"Mit IHM kann man keine guten Geschäfte machen", erklärte Hansen bekümmert.
"Wie auch, am Ende ist er immer der Gewinner" stellte er dann fest.
Hansen wickelte den zitternden Freiherren in Decken ein. Sie konnten sich es nicht leisten, dass Arnulf krank wurde.
Anka erschien neben ihnen. Sie hatte einen Esel dabei, der eine Trage hinter sich herzog.

Sie rollten Arnulf auf die Trage und banden ihn fest. Arnulf quittierte das mit einem Knurren.
"Nicht das du uns verloren gehst", sagte Anka und strich ihm sanft über den Kopf.
"Schlaf etwas", flüsterte sie und er schloss augenblicklich die Augen. Jahrhunderte schienen auf ihnen zu lasten.

Arnulf wurde erst wieder wach, als der Morgen schon fast vorüber war. Es roch verführerisch aus der Küche. Seine Schwester brachte ihm ein Becher mit heißer Suppe.
"Das wird dir helfen auf die Beine zu kommen", sagte sie und strahlte ihn an.
"Sind da schlimme Sachen drin", fragte er, denn in ihrer Kindheit war er ständig das Ziel ihrer Kochversuche. Sie strahlte ihn an.
"Nichts, was ich nicht auch essen würde", sagte Anka verschmitzt lächelnd. Hansen schüttelte im Hintergrund warnend den Kopf.
"Was steht heute auf dem Plan", fragte Arnulf schwach. Er fühlte sich hier in dem Jagdschloss wie zu Haus. Das war ein gutes Gefühl.
"Du wirst dich heute ausruhen und wir können in Ruhe überlegen, wie wir vorgehen", antwortete Hansen ehe Anka etwas antworten konnte.
"Wer kann mir sagen, was wir mit dem Ei machen sollen, wenn wir es denn in unseren Händen halten?" Arnulf fehlten Teile seiner Erinnerung an die Nacht. Anka sah ihn eine Weile düster an.
"Ein Drache wird schlüpfen, er wird wachsen und wird schließlich zu einem Problem werden. Das ist aber nicht das wirkliche Problem. ER wird natürlich einen Reiter schicken! Einen, dessen Namen alle Zauberer nur flüsternd aussprechen. Und ein noch viel größeres Problem wird auf uns zu kommen!"
Die Schamanin hatte plötzlich ein blasses Gesicht.
"Osween, der Rote Drachenreiter?" Hansen sah erschüttert aus.

"Wir wollen das Böse mit noch etwasBöserem vernichten?"
"Der Rote Reiter", murmelte Arnulf. Für ihn war das eine Sage aus der Kindheit. Osween, die Geißel der Zauberer. Der Mann, der den Zauberern ewige Rache geschworen hatte. Zauberer hatten seine Familie getötet und sein Dorf verwüstet, an den Grund konnte sich der Fährtensucher nicht mehr erinnern.
"Was können wir dagegen tun", fragte Hansen.
"Was willst du gegen IHN tun. ER hat es so beschlossen!" Anka sah die beiden Männer mit einem hilflosen Ausdruck an.
"Es kann IHM doch nicht egal sein, was auf der Welt geschieht", rief Arnulf. "Warum macht ER sich dann die Mühe. SEIN Torwächter ist nun in seiner Gewalt, was will er noch?"
"Azerbur widersteht ihm, das kann er nicht hinnehmen!"
"Über der Tür könnte man eine Verzierung anbringen", sagte Arnulf plötzlich und wies in die Richtung.
"Aus Kalksandstein meinst du", fragte Hansen. "Wo willst du das Zeug herbekommen? Du brauchst Steinmetze und die werden gerade am Kaltsee beschäftigt sein. Du weißt, für Sylvias Schloss."
"Dann hole ich aus Ylstenbyrg die Handwerker", sagte Arnulf und lächelte versonnen.
Anka sah die beiden Männer verwirrt an. "Habt ihr den Rest eures kümmerlichen Verstandes verloren", rief sie empört. Die beiden Fährtensucher schienen aus ihrem Tagtraum erwacht zu sein.
"Ich werde auf keinen Fall wieder durch dieses Loch kriechen!" Energisch richtete sich Arnulf auf. "Dann brauchst du einen kleinen Helfer", erwiderte seine Schwester kurz und bündig. "Ich weiß, dass du jemanden kennst."
"Du meinst doch nicht etwa Starkimzorn? Niemals! Er ist nicht vertrauenswürdig und als ich ihn zu letzten Mal gesehen hatte, war er bei Hagenars Truppe!" Damals wurde Karls Hütte in Brand geschossen.

"Du musst es ja wissen", sagte Anka schnippisch. "Ich würde denken, der Zauberer ist über den nächsten Schritt im Bilde und wird uns erwarten. Selbst mit einer Armee würden wir nicht an das Ei herankommen. Wahrscheinlich hat er es schon wo anders deponiert."

"Damit würde er Hagenar mit der Nase darauf stoßen, das es etwas gibt, was er fürchtet", rief Hansen in die Diskussion. "Das wird er bestimmt nicht tun!"

"Was wirst du tun", fragte Anka ihren Bruder eindringlich. Der erwiderte ihren Blick.

"Wir werden morgen losziehen und vor Ort entscheiden! Heute gehen wir zur Grenzwarte. Ich brauche einen guten Bogenschützen", sagte er in Richtung Hansen.

"Du denkst an diesen Jungen?"

Arnulf nickte.

Sie sattelten zwei Pferde, die sie auf dem Schlosshof eingefangen hatten und machten sich bald auf den Weg.

Das Wetter war angenehm. Es war für Arnulf das erste Mal seit einiger Zeit, dass er sich wohlfühlte. Das verdankte er wohl nur dem Trank der Elfenhexe. Aber im Augenblick war ihm das egal, mit welchem Hintergedanken sie ihm diesen Sud hatte zukommen lassen. Es war sicherlich nicht aus Großzügigkeit oder gar Sympathie für ihn.

Nach einigen Stunden standen sie an dem Kurzbach und gleich darauf auch schon über der Grenzwarte. Die Turmwachen hatten sie schon entdeckt und Trömso sofort benachrichtigt. Einige Soldaten kamen ihnen langsam entgegen.

"Sei gegrüßt Freiherr", sagte der Wachhabende und verneigte sich. "Wir haben schon viel von deinen Taten vernommen", sagte er und sah den ehemaligen Fährtensucher erwartungsvoll an. Wollte er jetzt eine Geschichte von den Fährtensuchern hören?

"Wer kann schon etwas erzählt haben", fragte Arnulf mürrisch. "Ich habe leider keinen von euch gesehen am Weißen Gies!"
"Also stimmt es, dass ihr mit Chordar gekämpft habt?"
Arnulf winkte ab und drängte sich an den neugierigen Wachen vorbei. In diesem Land blieb nichts verborgen. Es war immer wieder aufs Neue erstaunlich, wie schnell sich Geschichten in den Bergen verbreiteten, obwohl es keine Augenzeugen gegeben hatte!
Die Fährtensucher stiegen die Treppe hinab zur Grenzwarte. Als sie das hintere Tor durchschritten blieben die Beiden stehen. Hier hatten sie Hektik erwartet und kampfbereite Soldaten. Aber es gab kaum eine Bewegung, hier war offensichtlich der Frieden ausgebrochen. Hansen war ebenso überrascht wie Arnulf.
Waren hier keine Untoten herumgestreift? Hat Azerbur hier keinen Angriff gegen die Warte führen lassen?
Leutnant Trömso kam ihnen entgegen. Im Laufen zog er sich seine Uniform über.
"Verzeiht, ich habe euch nicht erwartet Herr", entschuldigte er sich mit schuldbewusstem Gesicht.
"Habt ihr hier Gnolls oder Orks gesehen?"
Der Leutnant sah Arnulf verwundert an.
"Nein, Freiherr. Hier ist bislang alles ruhig. Wie ich hörte, war es weiter oben etwas ungemütlicher."
"Junger Mann, Ihr scheint hier an der Grellwand den Schlaf der Gerechten zu schlafen!" Hansen sah wütend aus. Während sie ständig mit allem Übel dieser Welt zu kämpfen hatte, herrschte hier Frieden und Eintracht?
"Wir hatten von Untoten, Zauberern, Hexen, Gnolls und Orks Besuch. Damit aber nicht genug, auch der Torwächter und SEIN Jäger wollten uns unbedingt sehen! Ihr Schlafmützen!"
"Wenn es wirklich knapp geworden wäre, hätte uns der Leutnant bestimmt Hilfe geschickt", sagte Arnulf säuerlich und legte Hansen die Hand auf die Schulter, damit der sich beruhigte.

Trömso hatte Panik in den Augen. "Verzeiht Herr, wir waren hier am Grenzweg nicht im Bilde!"
"Ich wünsche in Zukunft Späher bis zum alten Jagdschloss, mindestens zwei Mal in der Woche! Ich werde dort eine Hütte für die Männer herrichten lassen!"
Der Leutnant nickte eilfertig und wollte schon davon fliegen, doch Arnulf hielt ihn zurück.
"Ich brauche den jungen Harthmudt mit seinem Bogen! Er soll sich am Nachmittag hier am Tor einfinden! Und jetzt gib uns etwas zu essen!"
Sie stärkten sich und ruhten ein wenig im besten Zimmer der Warte. Hansen organisierte Verpflegung für ihren Rückmarsch.
"Was geht an der Grenze vor", fragte Arnulf später den Leutnant.
Der straffte sich und berichtete, das Gruppen von Orks gesehen wurden.
"Und die Bergelfen?"
"Wir sind nicht ganz sicher, aber sie beobachten uns."
"So, ihr seid nicht sicher, was soll das bedeuten", fragte Hansen aufgebracht. "Was ist das hier, ein Verein Einäugiger oder seid ihr alle taub?!"
Der Leutnant bekam etwas Farbe im Gesicht und sah Arnulf fragend an. Er war mehr ängstlich als ärgerlich über Hansens Ausfall.
"Der alte Hansen meint, wenn ihr so weiter macht, werdet ihr nicht mehr lange leben. Bald kehrt der Drachenreiter Osween zurück in die Welt der Lebenden. Hast du eine Vorstellung was das bedeutet?"
Auch Leutnant Trömso kannte natürlich die alten Sagen vom Roten Drachenreiter von seinen Eltern. Damit wurde wohl jedes Kind erschreckt, wenn es nicht ins Bett gehen wollte.
"Bist du dir sicher Herr, Osween mit seinem Drachen?"

"Ich bin mir sehr sicher. Baut heute eure Pfeilschleuder auf dem Turm auf und deckt sie ab. Bald wird wieder ein Drachen über Bergisch-Bachland kreisen!"
Trömso sah nicht ganz überzeugt aus, doch er würde natürlich die Anweisung ausführen.
Harthmudt war inzwischen zu ihnen gestoßen und hielt respektvoll Abstand zu den Männern.
Arnulf winkte ihn zu sich und sah ihn ernst an.
"Ich habe etwas Besonderes mit dir vor. Allerdings muss ich zugeben, es kann dich dein junges Leben kosten und deswegen frage ich dich, ob du bereit bist, uns zu begleiten?"
Hansen sah den Jungen so durchdringend an, das Arnulf schon Angst hatte, Harthmudt würde das Weite suchen.
"Dazu brauche ich bestimmt einen ganz besonderen Pfeil", stellte der Jüngling etwas zu forsch fest. Er hatte Angst, aber das war in diesem Fall wohl ganz natürlich.
"Den werde ich noch herstellen müssen, aber warten wir die Ereignisse ab", antwortete der Freiherr.
"Such deine Sachen zusammen, wir müssen sofort aufbrechen!"
Der Leutnant schien erfreut, diesem kommenden Ereignis nicht beiwohnen zu müssen. Er hatte hier, weit entfernt seinen Dienst zu verrichten und er würde seine Pflicht ernst nehmen.
"Wie willst du in das verdammte Schloss hereinkommen", fragte Hansen leise.
"Diese Frage kommt zur richtigen Zeit", stellte Arnulf fest. Er drehte sich zum Kommandanten der Grenzwarte hin.
"Hast du ein paar ehemalige Tunnelkämpfer unter deinen Männern", fragte Arnulf den Leutnant.
Der sah ihn ratlos an, denn er verstand den Grund der Frage nicht.
"Ich gehe mich umhören", sagte er und verschwand.
"Einen Tunnel zu graben dauert Wochen, die Zeit werden wir nicht haben", zischte der alte Fährtensucher leise.

Harthmudt erwiderte ebenso leise. "Aber sie können sicher auch gut in Kellern kämpfen, mit ihrer Erfahrung." Hansen sah ihn etwas griesgrämig von der Seite an.
"Hör zu Junge, für das Klugscheissen bin ich hier zuständig!"
Hansen war nicht bereit, sich von so einem Grünschnabel belehren zu lassen.
Später erschien Trömso mit drei Männern, die furchtbar vernarbt aussahen. Sie waren alle nicht groß, gedrungen und sehr stämmig. Genau so etwas schwebte Arnulf vor.
"Ihr untersteht für einige Zeit meinem Kommando. Ihr werdet erst später erfahren, um was es geht", eröffnete ihnen der Freiherr.
"Sollen wir etwa gegen die Untoten kämpfen?" Der Fragesteller stellte sich Angus vor und sah aus, als wenn er dem Tod schon öfter ein Schnippchen geschlagen hatte. Die anderen beiden sahen Arnulf interessiert an.
"Diese Gefahr ist vorläufig gebannt. Ihr werdet gegen Soldaten aus Fleisch und Blut antreten!"
Die Mienen der Kämpfer hellten sich sofort auf.

Am späten Abend erreichten sie das Jagdschloss. Jäh hob Arnulf die Hand. Sie stiegen von ihren Pferden.
Arnulf hatte eine Bewegung gesehen. Sie schlichen sich an die Mauer heran. Hansen nickte, auch er hatte nun etwas gehört.
Der Trupp wartete bis es völlig Dunkel war, dann schlichen sie weiter zum zerfallenen Tor. Hunde kläfften auf dem Hof, denn sie hatten die Ankömmlinge bemerkt.
Die Männer am Torweg riefen zum Schloss hinauf, das die Männer dort Obacht geben sollten.
Hansen hatte neun Pferde gezählt, die dicht hinter dem Tor angebunden waren und sah das als gutes Zeichen. Das war ein ausgewogenes Verhältnis.

Arnulf winkte Harthmudt, der mit seinem Bogen den Soldaten an den Pferden ausschaltete, trotzdem er sich zwischen den Pferden hielt.
Die drei Tunnelkämpfer waren inzwischen unbemerkt zur Tür vorgedrungen. Einer nach dem anderen verschwanden sie in das Jagdschloss hinein. Hansen sah sich indes auf dem Hof um.
Arnulf und der junge Bogenschütze behielten die Fensterhöhlen im Auge.
Harthmudt riss plötzlich seinen Bogen hoch und schoss einen Pfeil in ein Fenster. Eine Gestalt sank langsam zurück in den dunklen Raum.
Arnulf war beeindruckt. Es waren Kampfgeräusche zu hören. Männer schrien auf und verstummten. Hansen war ebenfalls durch die Tür hineingeschlüpft.
Harthmudt nahm eine Bewegung bei den Pferden wahr. Er stieß den Fährtensucher an. Jemand versuchte zu fliehen. Ein Pfeil vereitelte dessen Vorhaben jedoch.
Stille legte sich über das Haus. Der Kampf war beendet.
Hansen winkte ihnen mit einer Fackel von weiter oben aus dem Fenster. Schnell schritten sie durch die nun völlig zerstörte Eingangstür.
Weitere Fackeln wurden entzündet.
"Es hat Ole erwischt", sagte Angus mit dumpfer Stimme.
"Bringt mich raus", bat der Sterbende.
Sie legten ihn auf eine Pferdedecke mitten auf den Hof.
"Meine Angst war immer, in einer dunklen Höhle irgendwo unter der Erde von allen vergessen zu verrecken", sagte Ole mit heiserer Stimme und versuchte zu Lächeln. "Das ist hier viel besser und ich will dir dafür danken, Freiherr. Ich kann die Sterne sehen und bald bin ich einer von ihnen! Das hatte meine Mutter mir vor dem Einschlafen immer versprochen."

Bekümmert sahen ihn seine Kameraden an und deckten ihn nach einer Weile schweigend zu.
"Das waren Hagenars Männer", sagte Hansen auf die Wappen der Schilder weisend.
"Sie wissen wohl, was wir vorhaben", mutmaßte Arnulf.
"Morgen müssen wir früh aufbrechen um Hagenars Schloss rechtzeitig zu erreichen." Die Männer nickten und begruben ihren Kameraden etwas außerhalb der Mauer. Dann legte sich Ruhe über das verfallene Schloss.

Der Tag begann mit Vogelgezwitscher. Es könnte kein schönerer Morgen sein.
Arnulf lehnte sich aus dem Fenster und sah in den rosaroten Himmel. Er hatte Zweifel, dass dieser Tag genau so enden würde, wie er begann.
Er hatte auch das Gefühl, das die Medizin der Elfenhexe nachließ. Er fühlte sich wieder schwach. Hansen gesellte sich zu ihm und starrte stumm in die Ferne.
"Heute wird es ums Ganze gehen", murmelte er. Arnulf nickte.
"Und wir werden wohl den irren Drachenreiter kennenlernen", fügte er deprimiert hinzu.
Osween der Rote hatte den Ruf gehabt, völlig unberechenbar zu sein.
Das war der eine Teil des Nimbus der ihn umgab. Der andere Teil war seine hemmungslose Mordlust an jedem dem er begegnete, die schnell in einen Blutrausch umschlagen konnte.
Es war an der Zeit die Pferde zu satteln. Dann machte sie sich langsam auf den Weg.
Unweit des Schlosses stellte sich eine Gestalt in ihren Weg. Sie hielten ihre Pferde in respektvoller Entfernung an.

Die beiden Soldaten wollten gerade ihre Schwerter ziehen, als Arnulf die Hand hob.

"Last eure Waffen stecken", rief er seinen Männern zu.

Sie hörten ein leises Lachen vor sich, als die Frau sich zu erkennen gab. Arnulf wusste nun, wer dort stand. Er war etwas überrascht.

"Ihr seid ziemlich ängstlich auf eurer Mission! Damit ihr etwas Mut fasst, wollte ich euch nur sagen, das Azerbur nicht weiß, das ihr auf dem Weg zu ihm seid."

"Du hast ihn irgendwie geblendet", vermutete Arnulf. Jildhrell nickte leicht und vollführte mit ihren Händen einige ominöse Bewegungen.

"So in etwa müsst ihr euch das vorstellen. Doch ich will euch hier nicht weiter aufhalten. Ihr habt wenig Zeit, euer Vorhaben auszuführen. Und ER ist ungeduldig, es bereitet auch IHM Probleme Osween den Roten zu bändigen, wenn er einmal von der Leine gelassen wurde!"

Im nächsten Moment war der Weg wieder frei. Die Hexe der Bergelfen war verschwunden ohne eine Spur zu hinterlassen.

"Was für ein Wesen war das", fragte Angus mit Unbehagen und sah sich um.

"Eine Hexe, die dieses Land als ihres ansieht", antwortete Hansen mit ebenso viel Unbehagen.

Unangefochten erreichten sie am frühen Abend das Gebiet des Schlosses.

Hagenars Wappen waren hier an allen Wegen zu sehen. Doch keine Wachen stellten sich ihnen in den Weg. Der Wald schien wie ausgestorben.

Sie stiegen von ihren Pferden und banden sie an einem Baum fest. Den Rest des Weges würden sie zu Fuß zurücklegen müssen.

Arnulf hatte schon befürchtet, das Hagenar sein Schloss inzwischen verlassen hatte. Doch am Tor standen Männer mit Hellebarden Wache.

Sie belauerten das Schloss bis zur völligen Dunkelheit. Es passierte wenig am Tor. Hansen umrundete den Hügel auf dem das Anwesen stand, um sich einen Überblick zu verschaffen. Hinter dem Schloss entdeckte er auch einen Trupp Söldner, die auf ein Zeichen zu warten schienen.
Arnulf vermutete eine Falle, obwohl er Hagenar das nicht zutraute. Auf jeden Fall trafen sie den Schlossherren nicht unvorbereitet. Ihre Bewegungsfreiheit war damit erheblich eingeschränkt.
"Wir müssen unsichtbar rein und raus", erklärte Arnulf trübe. Er rechnete sich wenig Erfolg aus. Diese Söldner würden bei dem kleinsten Verdacht hinter ihnen stehen.
"Unsere Herrin lässt euch ausrichten, dass wir in der Dämmerung die Wachen angreifen", sagte ein Bergelf zu ihnen, der sich unbemerkt zu ihnen gesellt hatte. Die Männer schraken zusammen, was der Elf mit Genugtuung registrierte. Die beiden Tunnelkämpfer rissen ihre Schwerter hoch.
Arnulf sah den Bergelfen eine Weile an und blickte dann in sich gekehrt in den Himmel.
"So einfach geht das nicht. Wir gehen zuerst rein und dann schlagt ihr zu! Vielleicht sogar von zwei Seiten. Hagenars Männer müssen gut beschäftigt werden!"
Seine Begleiter sahen ihn erstaunt an. "Wie sollen wir ungesehen ins Schloss kommen?"
Der Freiherr winkte ab.
"Hagenar muss glauben, dass wir versuchen ins Schloss herein zu kommen und er wird alles daran setzen das nicht zuzulassen."
"Selbst wenn wir durch ein Wunder dort hineinkommen, wo willst du suchen, " fragte Hansen. Ihm begann der Plan zu gefallen.
"Auf jeden Fall nicht in seinem Keller! Wo legt man sich ein versteinertes Drachenei hin? Nicht in einen Schrank oder eine Truhe!"
Hansen lächelte wissend.

"Bestimmt nicht. Er wird es auf dem Nachtschrank oder dem Schreibtisch haben!" Der alte Fährtensucher hatte glänzende Augen.
Einer der Tunnelkämpfer unterbrach die Träumereien. "Wie wollen wir denn nun hineinkommen?"
"Meine Schwester muss helfen", sagte Arnulf nach einer Weile.
"Wie soll uns eine Frau helfen können?"
"Oh, sie ist unheimlich, glaubt mir! Und ob sie wirklich eine Frau ist muss noch bewiesen werden! In meinen Augen ist sie ein Dämon", antwortete Hansen mit einem Schaudern. Die beiden altgedienten Soldaten sahen ihn mit Befremden an.
"Ist sie so hässlich, das die Wachen vor ihr flüchten werden?"
"Ich verstehe gar nicht, was an Anka so viel schlimmer sein soll, als an Jildhrell", fragte Arnulf etwas düpiert.
"Die Elfenhexe sieht durch mich hindurch, wie fast jeder auf dieser Welt. Das ist völlig normal. Aber deine Schwester sieht in mich hinein!"
"Was, sie kann Gedanken lesen", riefen die beiden Soldaten. Nun waren auch sie in Panik. Arnulf winkte ab.
"Als wenn es nichts schlimmeres geben würde." Er schüttelte amüsiert den Kopf.
Er hatte den kleinen Kauz schon eine ganze Weile ganz in der Nähe sitzen sehen.
Anka stand urplötzlich unter den Soldaten. Hansen wich erschrocken einen Schritt zurück.
"Seht ihr, was ich meine", fragte der alte Fährtensucher seine beiden Mitstreiter anklagend.
"Ich brauche deine Hilfe", sagte Arnulf zu seiner Schwester. Sie lächelte ihn an und schüttelte den Kopf.
"Dein Plan wäre gut, aber ER hat etwas anderes entschieden!"
Der Freiherr sah seine Schwester fragend an.

"Er hat ihn geschickt", sie zeigte auf eine graue Gestallt mit einem Umhang, der irgendwann einmal sicherlich Rot gewesen war.

Osween der Drachenreiter

"Das ist Osween der Rote", fragte Arnulf überrascht.
Anka nickte und sah besorgt aus.
"Denk immer daran, er ist unberechenbar und grausam! Er bringt jeden um, wenn ihm danach ist. Ob Freund oder Feind!"
Den Worten seiner Schwester entnahm er echte Sorge. Sein Plan war damit hinfällig. Sie wendeten sich der dazugekommenen Gestalt zu.
"Wegen euch durfte ich wieder einmal zurückkehren?"
Der Drachenreiter sah sich die Männer und besonders lange die Schamanin an. Er hatte eine unangenehme schrille Stimme. Sein Gesicht schien mit angebranntem Leder überzogen zu sein, doch in seinen Augen brannte ein ungesundes Feuer.
"Ihr seid wirklich ein jämmerlicher Haufen, aber wenn ich mal wieder auf Erden wandeln darf, muss ich wohl nehmen was kommt!"
Osween machte ein röchelndes Geräusch was wohl Lachen darstellen sollte. Der Freiherr war unangenehm berührt. Der Drachenreiter grinste den ehemaligen Fährtensucher amüsiert an. Osween hatte tatsächlich etwas von einem Irren an sich, das war sehr leicht zu bemerken.
"Du bist seine letzte Waffe, um den Zauberer zu bezwingen?"
"Du weißt offensichtlich nicht, wer vor dir steht", knurrte Osween heiser und drohend. Er richtete sich auf, so dass sie fürchten mussten, dass sein roter Umhang sich in seine Bestandteile auflöste.

"Ich glaube, es gibt niemand auf dieser Seite der Welt, der dich nicht kennt!" Arnulf wollte diesen verrückten Drachenreiter etwas besänftigen.
"Das hast du gut gesagt, aber auf der anderen Seite kennt und fürchtet man mich genauso", stellte Osween mit einem heiseren kichern klar.
Er schien nun etwas zugänglicher. Er beachtete Arnulfs drei Mitstreiter überhaupt nicht, sondern sah nur ihn durchdringend an.
"Wie ist dein Plan, Junge?"
"Die Wachen werden abgelenkt, wir gehen rein, dann greifen die Bergelfen an und versuchen in das Schloss zu kommen. Das sollte uns Zeit geben das Ei zu finden und in dem Trubel ungesehen hinauszukommen." Die Gestalt sah ihn reglos an.
"Und du glaubst, Azerbur bemerkt dies nicht? Er ist zwar nicht hier, aber er ist auch nicht weit von hier und wartet ab, was nun geschehen wird." Osween sah ihn reglos an, als erwartete er einen neuen Plan vom Freiherren.
"Warum holt er sich dann nicht das Drachenei selbst, wenn es so eine Bedrohung für Ihn ist?"
Arnulf erwartete nun einen Gewaltausbruch des Drachenreiters, doch der lächelte ihn anerkennend an.
"Du bist nicht auf den Kopf gefallen, Junge. Du stellst die richtige Frage."
Arnulf hatte damit noch keine Antwort erhalten und wartete ab. Osween sah sich genötigt weiter auszuführen.
"Er kann es nicht nehmen und damit irgendwohin gehen. Er kann es nicht einmal anfassen, es würde ihn einfach verbrennen!"
"Es widersteht seinen Zauberkräften", fragte Arnulf ungläubig. Der Drachenreiter nickte und macht eine zufriedene Bewegung.
"Du kennst doch die alte Sage, warum die Drachen überhaupt auf diese Welt geholt wurden? Sie sollten das Gegengewicht zu den Zauberern und Magiern werden, die sich, kaum waren sie auf

dieser Welt, die Menschen unterwarfen und die Welt fast keine freien Lebewesen mehr beherbergte. Und die Götter, ich nenne sie mal so, beschlossen die Drachen zu erschaffen um dem Einhalt zu gebieten."

"Also, ich werfe ihm das Ei entgegen und er verbrennt", fragte Arnulf noch einmal nach.

"Oh nein, Junge du musst zuhören! Das Feuer der Drachen wird ihn verbrennen, doch sie sind nicht sonderlich intelligent, sie brauchen einen der sie lenkt. Und das bin ich", schloss Osween mit einer leichten Verbeugung seine Ausführung. Er wirkte sehr zufrieden mit sich. Osween schien voller Tatendrang zu sein. Er wollte wohl sogleich mit seinem Werk beginnen.

"Wir haben genug geplaudert, lass uns endlich zur Tat schreiten, " rief der Drachenreiter dann energisch. Das Spiel sollte nach seinem Willen jetzt beginnen.

"Ich beschäftige die Wache am Tor und ihr geht derweil rein und wieder raus!"

Ohne eine Antwort abzuwarten ging er zum Tor.

Es dauerte nur wenige Augenblicke bis er von der aufmerksamen Wache entdeckt wurde. Die Männer am Tor machten sich gegenseitig auf den Drachenreiter aufmerksam, ohne ihn natürlich wirklich zu erkennen. Sie bildeten eine Reihe und gingen langsam dem Drachenreiter entgegen. Das schien ihn überhaupt nicht zu beeindrucken, im Gegenteil, er schien voller Vorfreude auf das Scharmützel zu sein.

Die Wachen mussten erkennen, dass auch er über einige Kräfte verfügte. Der Drachenreiter schleuderte die Wachen beinahe mühelos durcheinander. Im Schloss wurde Alarm gegeben und es strömten weitere Kämpfer heraus, um ihre Kameraden zu unterstützen.

Arnulf nahm dies als Zeichen und brach mit seinem kleinen Trupp auf. Sie umrundeten die Mauer, die das Gebäude schützte.
Hartmuth wurde vorher von ihm in den Wald geschickt.
Er sollte sich nicht blicken lassen, bis er ein Zeichen bekam. Dem kam er auch nur murrend nach.
"Du wirst in entscheidenden Anteil an dieser Geschichte haben! Aber alles zu seiner Zeit!" Arnulf versuchte ihm etwas Geduld beizubringen.
Die Männer kümmerten sich nicht um den Tumult am Eingang und warfen einen Wurfanker über die Mauer. Einer nach dem Anderen sprangen in den Hof. Es gab einige Stallburschen die sich ihnen halbherzig entgegen stellten. Aber keiner von ihnen wollte sein Leben für Hagenar geben.
So konnten sie ohne große Anstrengungen in das Schloss eindringen. Die beiden Tunnelkämpfer gingen voraus und räumten jeden Widerstand rabiat aus dem Weg.
Arnulf fand später die Schlafgemächer und trat ohne zu zögern ein.
Eine Kammerzofe flüchtete kreischend.
Arnulf sah sich flüchtig um. Hansen nahm es genauer und durchwühlte alle Schränke. "Hagenar wäre wohl nicht erfreut uns hier so zu sehen", sagte er und lachte schadenfroh.
Arnulf wurde von draußen gerufen. "Hier ist jemand, der behauptet der Schlossherr zu sein!"
"Dann wollen wir ihm sein Gemach nicht vorenthalten", antwortete Arnulf sogleich. Er ging, die Waffe in er Hand, zur Tür.
Hagenar trat ein. Er sah bestürzt aus und funkelte den Fährtensucher an.
"Ich werde deinen König informieren. Dafür wirst du hängen", rief er in hilfloser Empörung.
Der Freiherr nahm die Drohung gleichgültig auf.

"Er ist doch auch dein König, vermute ich", antwortete der Freiherr und trat noch einige Schritte auf den Burgherren zu. Unwillkürlich machte der Königsbruder einen Schritt zurück.
"Sag uns einfach, wo dieses Drachenei ist und wir sind im Nu verschwunden!"
Arnulf sah den Bruder des Königs abwartend an. Das erregte ihn noch mehr. Hagenar wollte sich umdrehen und nach den Wachen rufen, doch die beiden Tunnelkämpfer grinsten ihn mit ihren kurzen Schwertern in den Händen an.
"Ich muss dem Pöbel nicht in meinem Schloss Rede und Antwort stehen", polterte Hagenar und setzte sich dann resignierend auf einen Stuhl. Er war noch immer kein Draufgänger und würde nie einer werden!
Einige Minuten später brach Arnulf die Suche ab. Er war sich nun sicher, hier nichts zu finden.
Sie schleppten Hagenar grob in sein Schreibzimmer und setzten ihn dort auf einen Stuhl. Er leistete keinen Widerstand und sah nur stumm zu, wie sein Zimmer durchsucht wurde.
"Wir lagen gar nicht so falsch", rief Hansen triumphierend und zeigte eine Miniaturtruhe. Dort ruhte ein in Samt eingewickeltes versteinertes Drachenei. Arnulf winkte ungeduldig zum Aufbruch. Sie hatten was sie wollten.
"Wir haben keine Zeit zu verlieren." Sie verließen schnell das Zimmer, verfolgt von Hagenar, der erregt von seinem Stuhl aufgesprungen war. Er wünschte den Eindringlingen alles Übel der Welt auf den Hals und rief hilflos nach den Wachen.
"Du hast gar keine Ahnung, was du besessen hast", unterbrach Arnulf seinen Wortschwall. Irritiert starrte der Königsbruder ihn an.
"Du warst die ganze Zeit nur der Schoßhund von Azerbur. Er wollte nur sicher sein, das dieses Drachenei sorgsam verwahrt ist, während er der Herr über Leben und Tod werden wollte!" Arnulf wollte Hagenar ein wenig quälen, mit seiner eigenen Dummheit.

"Du lügst, wir sind ein mächtiges Bündnis eingegangen und wir werden bald diese Seite der Welt beherrschen. Und du Wicht wirst in den Staub sinken und mein Sklave sein!"
Hansen lachte hinter ihm amüsiert. Er konnte einfach nicht mehr aufhören, bis er nach Atem rang.
"Du bist noch dümmer, als ich vermutet hatte. Ist dir noch nie aufgefallen, dass du ständig die falschen Verbündeten hast? Du lebst doch nur noch, weil dein Bruder das will!!"
Hagenar wurde wütend. Er wollte sich auf den alten Fährtensucher stürzen, hatte dann aber nicht den Mumm dazu.
"Siehst du, was ich meine? Du bist dumm und feige noch dazu!"
Hansen stellte sich triumphierend vor Hagenar
Unter anderen Umständen hätten ihm diese Schmähreden schnell einen Strick um den Hals verschafft.
"Der König wird euch hängen lassen!"
"Der König, den du schon wieder einmal stürzen wolltest", fragte Arnulf gleichgültig abwinkend.
Vor der Tür wurden sie von Osween ungeduldig erwartet. Um ihn herum lagen Leichen, die wüst verstümmelt waren. Arnulfs Männer sahen ihn bestürzt und mit Abscheu an.
"Es liegt nun mal in meiner Natur", erklärte der Drachenreiter entschuldigend, als er Arnulfs missbilligenden Blick sah. Osween machte einen Schritt auf den Freiherren zu. Er schien voller Ungeduld zu sein. Der ehemalige Drachenreiter sah aus, als würde er gleich die Zähne fletschen.
"Du hast es hier irgendwo, ich fühle es ganz deutlich!"
Er streckte seine Klauen Arnulf entgegen. Der wich etwas zurück und zeigte mit seinem Langmesser auf die Truhe.
Ohne weitere Umstände zu machen, zerschlug Osween das alte Holz nur mit einer Hand. Mit einem glücklichen Seufzen nahm er das Drachenei an sich. Hansen glaubte eine Träne in Osweens Augenwinkel gesehen zu haben.

Die Männer hinter Arnulf sahen schweigend zu, wie es unter seinem verblichenen Umhang verschwand. Jetzt würde sich entscheiden, ob sie den Hof lebend verlassen würden. Arnulf hatte kurz den Eindruck, das Osween mit sich rang. Doch dann drehte er sich um und ging ohne ein weiteres Wort.
Kurz darauf blieb er dann doch stehen und sah sich um.
"Er ist hier", sagte er den überraschten Männern. Sie mussten nicht lang warten, um Aufklärung zu erhalten. Wenige Lidschläge später stand Azerbur mit unheilvoller Miene vor ihnen. Er funkelte die Männer tödlich an. Er trat dicht an Arnulf heran.
"Deine Zeit ist gekommen! Du hast dich zu oft in meine Angelegenheiten eingemischt - Sterblicher!" Der Zauberer trat einen Schritt zurück und betrachtete Arnulf wie ein Gemälde.
"Ich kannte deinen Vater. Einer dieser Fährtensucher! Stimmt's Junge? Sein Ableben war mehr ein Versehen, verstehst du. Es war wirklich nicht meine Absicht ihn zu töten! Aber so ist das Leben, man muss die Sachen tun, die man tun muss! Nicht war, du stimmst mir doch zu?"
Doch Arnulf wurde während dieser Worte vom Drachenreiter grob zur Seite gestoßen. Der Zauberer hielt beinahe erschrocken inne. Sein Gesicht verfinsterte sich und wurde zu einer bösartigen Grimasse.
Arnulf wusste nicht, was er von der Geschichte des Zauberers halten sollte. Sein Vater war eigentlich friedlich in seiner Jagdhütte oben in den Bergen gestorben, hatten ihm Hansen einmal erzählt.
"So sieht man sich wieder, Azerbur!" Osween röchelte triumphierend. Seine Klauen stießen in Richtung des Zauberers vor. Der wich überrascht zurück.
Doch Azerbur hatte sich schnell wieder gefangen und sah den Drachenreiter beinahe mitleidig an. Dabei war er aber doch nervös, das war leicht zu erkennen.

"Hat ER dich tatsächlich entfesselt, Osween? Dann muss ER wirklich verzweifelt sein!"
Im Gesicht des Zauberers spielte ein zufriedenes Lächeln um den Mund.
"ER ist außer sich", gab Osween mit seiner röchelnden Stimme zurück. Er war darüber anscheinend amüsiert. Der Zauberer schien wenig beeindruckt.
"Ich kann dich ganz leicht in das Loch zurück stoßen aus dem du ausgespien wurdest! Das weißt du doch ganz genau, Drachenreiter!"
Er ging einen Schritt auf die graue Gestalt zu.
Osween kicherte krächzend und hob das Drachenei langsam empor. Es wirkte in diesem Augenblick wie eine Waffe.
Der Zauberer sah es fasziniert an und erstarrte. Sein Blick wurde leer. Er schien abzuwarten, was Osween jetzt vorhatte.
"Ich glaube nicht, dass es diesmal so einfach wird! Du erkennst doch was das ist, alter Freund?"
Azerbur sah den Drachenreiter eine Weile stumm an, bevor er etwas sagen konnte. In seinem Kopf schienen die Gedanken sich zu jagen.
"Hat der Waldmensch es tatsächlich geschafft, das Ei diesem Idioten Hagenar zu stehlen? Tja, kleine Versäumnisse rächen sich immer irgendwann. Ich hätte ihn längst von seinem elenden Dasein erlösen sollen!"
Hagenar hörte bestürzt zu und wollte protestieren, doch niemand achtete auf ihn und seine Gemütsregungen. Der Zauberer sah sich suchend um und entdeckte sogleich den Freiherren.
Arnulf blieb stehen, einem Zauberer konnte man ohnehin nicht einfach weglaufen!
Mit einer schnellen Bewegung schleuderte er eine Flamme auf Arnulf. Ehe der Zauber ihn erreichte war Osween in den Weg getreten und hielt das versteinerte Ei in die Flamme. Er fing dabei

ebenfalls kurz Feuer. Doch das schien ihn nicht zu erschüttern. Das Drachenei schien indessen die Flamme aufzusaugen und nahm eine deutlich hellere Färbung an.
"Ich werde wohl langsam alt", sagte Azerbur ungeduldig und machte eine weitere schnelle Handbewegung.
Osween schwankte unter dem Schlag des Zaubers ein wenig, hielt der Attacke aber stand.
"Mach noch ein wenig weiter, alter Freund! Das bringt mich wieder ein wenig in Schwung. Mir stecken wohl doch etwas die Jahrhunderte in den Knochen!"
Der Drachenreiter stieß mit dem Drachenei in Richtung Zauberer. Der schwankte kurz und keuchte. Osween nahm das zufrieden zur Kenntnis.
"Das ist erst der Anfang, alter Freund. Ganz ehrlich, ich sehe heute schwarz für dich. Das wird nicht dein Tag sein!"
Der Zauberer sah sich eilig nach einem Fluchtweg um. Nur Sekunden später war er spurlos verschwunden.
"Schade das er es so eilig hatte, sein Feuer hätte mir wirklich geholfen", sagte Osween ungerührt. Er ging mit dem Ei auf Arnulf zu und präsentierte es ihm.
"Das ist Azerburs Untergang und das weiß er auch! Am Ende wirst du das Problem haben, wie du mich wieder loswirst! Darüber hat ER mit dir wohl nicht gesprochen." Er kicherte etwas albern. Er schien beinahe Mitleid mit Arnulf zu haben.
"Azerbur wird gleich wieder auftauchen, aber nicht allein, soviel ist sicher."
Er lachte nun lang und ausdauernd. Dann wurde er ernst und strich mit den Händen über das Ei. Liebevoll wiegte er es in der Hand wie ein Baby hin und her. Dazu murmelte er eine Melodie vor sich hin. Arnulf war entfernt an ein Kinderlied erinnert.
"Wer wird mit dem Zauberer kommen", fragte Arnulf. Das Ei begann in dessen leicht zu glühen. Der Drachenreiter begleitete

dies mit einem erfreuten Flüstern und kichern. Er schien es kaum abwarten zu können, den Drachen schlüpfen zu sehen.
"Azerbur wird natürlich diesmal seine Drachengarde hinter sich haben! Die hat er irgendwo zwischen den Jahrhunderten versteckt gehalten! Ja, seine treue Drachengarde. Sie haben so einige meiner Lieblinge auf dem Gewissen!"
Das schien den Drachenreiter aber nicht weiter zu bedrücken. Seine Beschwörungen wurden langsam lauter und fordernder. Es war jetzt kein Lied mehr, es waren Worte aus einer versunkenen Zeit.
Das Ei leuchtete dabei immer heller und pulsierte dabei heftig. Osween sah den Freiherren durchdringend an.
"Du wirst an der Erweckung eines Drachen teilnehmen, das ist nur wenigen vergönnt! Dann hast du was, dass du deinen Enkeln erzählen kannst!" Er ließ keinen Widerspruch zu, während Arnulfs Gefährten langsam zurückwichen.
"Du wirst dies sogar überleben. Das ist kaum einem gegeben, denn es ist nicht ungefährlich für den normalen Mann. So ein Drachen ist von Natur aus grausam, verstehst du? Töten und verbrennen ist seine Natur."
Arnulf hatte kein persönliches Interesse an der Erweckung des Drachen. Aber Osween würde ihn nicht so einfach davon gehen lassen, daran gab es keinen Zweifel.
Hagenar hatte die Zeit dafür genutzt unauffällig zu verschwinden. Die zurückgebliebenen Männer starrten fasziniert auf das Schauspiel und nahmen so sein Verschwinden überhaupt nicht wahr.
"Schicke diese Männer fort, wenn sie auf deiner Seite stehen. Ich kann nicht für ihr Leben garantieren. So ein junger Drachen ist unberechenbar", erklärte Osween mit heiser röchelnder Stimme. Er wirkte jetzt ungeduldig und erregt. Das Ei in seiner zitternden Hand leuchtete immer heller.

Arnulf winkte eilig seinen Begleitern sich zurückzuziehen. Er wäre gern mit ihnen gegangen, doch Osween bedeutete ihm genau da stehen zu bleiben, wo er sich gerade befand.
"Das sieht ein Sterblicher in seinem Leben höchstens einmal", sagte er mit seiner röchelnden Stimme. Er wies auf das Ei, dessen Schale nun feine Risse bekam. Ein Schnabel bohrte kurz darauf ein Loch in die dicke Schale. Der Drachenreiter legte es nun sanft auf den Boden. Nach und nach brach die Schale auseinander. Ein kleiner Miniaturdrachen wurde sichtbar. Ein scharfer Geruch entströmte dabei. Es brannte furchtbar in Arnulfs Lunge, dass es ihm fast den Atem nahm.
"Der schönste Duft, den ich mir vorstellen kann", rief hingegen Osween und lachte, das sich eher wie ein kranker Husten anhörte. Mit seiner Meinung war er allein, aber Arnulf beobachtete gebannt, wie sich dieses kleine Wesen aus den Schalen herausarbeitete.
Er war sich im Unklaren, wie lange es dauern würde, bis aus diesem frisch geschlüpften Winzling ein feuerspeiendes, todbringendes Wesen werden würde.
Der Reiter zog eine kleine Phiole aus seinem Umhang.
"Sieh her, das kann der große Osween aus diesem kleinen unschuldigen Lebewesen machen. Das ist sein großer Zauber!"
Er tröpfelte etwas auf den Kopf des Drachen. Der kleine Kopf drehte sich in die Richtung des Drachenreiters und krächzte vernehmlich.
"Der Kleine ist nun mein ganz persönlicher Drachen und wird genau das tun was ich will. Dir kann ich es zeigen, denn dein Lebenslicht wird nicht mehr lange genug glühen, um dieses kleine Geheimnis weiterzutragen. "
Osween grinste ihn freundlich an und winkte ihm näher zu kommen. Arnulf blieb wie angewurzelt stehen.
"Alles im Leben hat seinen Preis, mein Freund!"

"Du hattest doch gerad gesagt, ich werde das Überleben!" Arnulf hatte kein Interesse jetzt zu sterben.
"Ich musste dich doch bei Laune halten, aber der Kleine braucht nun mal viel Futter am Anfang."
Der Drachenreiter röchelte hämisch.
Arnulf fiel in diesem Augenblick der Kinderreim ein, "Hörst du im Traum Osweens Lachen, wirst du im Drachenfeuer bald erwachen!"
Der Drachen wuchs beängstigend schnell in die Höhe, während Osween seine Zauberformeln in dessen Richtung murmelte.
Schwere Schritte näherten sich. Arnulf sah sich überrascht um. Wer konnte ihm jetzt zur Hilfe eilen?
"Halte sie auf", rief der Drachenreiter erregt. "Nur eine kurze Zeit noch!"
Mehrere schwer mit dickem Leder gepanzerte Soldaten eilten auf den Drachenreiter zu. Sie schleppten sehr lange eiserne Lanzen.
Arnulf bewunderte ihren Mut und vermutete einen Zauber dahinter, denn kein normaler Mann wäre dem düsteren Drachenreiter entgegengetreten.
Zumal im Hintergrund der Drachen weiter wuchs und immer vernehmlicher schrie. Arnulf fiel auf, dass die Lederpanzer irgendwie angebrannt aussahen, wie bei einem Schmied.
Osween lachte auf und zog sein uraltes Schwert. Er ließ seine Klinge kreisen und ging den Männern entgegen.
"Hat Azerbur seine alte Drachengarde tatsächlich auferstehen lassen, das ist wirklich köstlich!"
Der Freiherr betrachtete interessiert die Szene aus einiger Entfernung.
Die Gardisten ließen sich von Osween nicht einschüchtern und senkten ihre Waffen auf die Brust des Drachenreiters.
Im Hintergrund standen plötzlich wieder Hagenars Soldaten und wussten nicht ob sie eingreifen oder flüchten sollten. Hagenar

selbst blieb unsichtbar, es war zu vermuten, dass er schon längst auf dem Weg zum Kaltsee war.
"Geht aus dem Weg, ihr Geister aus der Vergangenheit! Ihr könnt mir nichts mehr antun. Ich bin schon lange so tot wie ihr es seid, also was wollt ihr?"
Der Drachenreiter jauchzte begeistert, als die Drachengarde trotzdem weiter auf ihn vorrückte. Er blies in einen Pfeife. Es war für menschliche Ohren kein Ton zu hören.
Es blieb eine Weile still, dann erhob sich ein riesiger Drachen hinter ihm. Das Wesen brüllt ohrenbetäubend. Voller Ehrfurcht schien das Leben stehen zu bleiben. Nichts und Niemand rührte sich für einige Sekunden. Hagenars Schloss zeigte plötzlich Risse im Mauerwerk, Staub rieselte von der Decke.
Die Drachengarde blieb abwartend stehen. Sie sahen sich aufmerksam um. Etwas später kamen noch mehr gepanzerte Männer zum Vorschein. Sie bauten in Windeseile auf eine Drachenschleuder vor dem Schloss auf. Ein Pfeil wurde gespannt. Sie richteten ihre Waffen durch die geöffnete Tür auf den Drachen, aber sie schossen den Pfeil nicht ab.
Hansen griff Arnulf energisch am Ärmel und zog ihm aus dem Gang hinaus. Wo der alte Fährtensucher plötzlich hergekommen war, blieb für Arnulf ein Rätsel.
"Wir können hier nichts ausrichten!" Er warf schnell die Tür wieder zu. Sollten sich doch die Kerle der Drachengarde um Osween kümmern!
"Der Zauberer muss hier irgendwo sein!" Arnulf sah sich um. Er sah ihn nicht, aber er fühlte ihn fast körperlich. Das war unangenehm. Sie hörten wie Osween gegen die Drachengarde kämpfte. Sein Drachen erhob sich in den Abendhimmel, nachdem er das Dach des Schlosses durchbrochen hatte und stieß Feuer speiend auf die Garde hernieder.

Sie hörten die Schweren Schwingen des Drachens über ihren Köpfen.
"Wo bist du, Azerbur", schrie der Drachenreiter in die Nacht. Auch für Arnulf war dies die entscheidende Frage. Seine Drachengarde war indessen schon arg dezimiert. Azerbur musste hier ganz in der Nähe sein, um den Angriff zu leiten.
Sicherlich wartete er auf eine Gelegenheit um Osween zu überrumpeln.
"Harthmudt soll einen Brandpfeil bereit halten", rief Arnulf seinem alten Kameraden zu.
Trotzdem sein Selbsterhaltungstrieb ihn davon abhalten wollte, näherte sich Arnulf dem Schauplatz. Die Pfeilschleuder musste zerstört werden. Sonst konnte am Ende die Drachengarde noch über Osween triumphieren! Das war noch nicht der richtige Zeitpunkt! Osween musste noch ein paar Augenblicke leben, um seinen Auftrag erfüllen zu können!
Arnulf schlich an der Mauer entlang, bis er nur noch einen Steinwurf von der Drachenschleuder entfernt war.
Er winkte in der Hoffnung, dass der junge Bogenschütze ihn bemerkte. Dann warf er eine Tonflasche über die Mauer und sie zerschellte tatsächlich auf der Schleuder. Gleich drauf zischte ein Brandpfeil heran. Die Drachenschleuder fing augenblicklich Feuer. Die Gardisten der Bedienung versuchte hektisch die Flammen zu ersticken. Der Freiherr warf daraufhin noch ein Fläschchen. Die Flamme loderte noch einmal mit einem lauten Fauchen auf.
Jetzt kreiste der Drache über dem Schloss. Arnulf zog sich eilig zurück. Er hörte wie ein Aufschrei durch Männer der Drachengarde ging. Sie warfen ihre Lanzen. Die meisten prallten an den Schuppen ab, einige durchstießen die Flügel ohne dass dies den Drachen weiter beeinträchtige.
Für Arnulf schien dass der Zeitpunkt zu sein, an dem Azerbur seine letzte Gelegenheit hatte, noch einmal den Kampf zu drehen.

Und richtig, der Zauberer stand mitten unter seinen Soldaten und ging auf Osween zu. Der lachte triumphierend, als er seinen Widersacher erkannte. Dann sprang er auf dem Drachen, der sich sofort wieder in die Abendluft erhob.
Die Mannschaft an der Drachenschleuder versuchte hektisch ihre Waffe wieder in Position zu bringen. Das Feuer war wie durch Zauberhand erloschen.
Vielleicht hatte Azerbur doch noch eine Möglichkeit seinem Schicksal zu entrinnen.
Osween lenkte seinen Drachen über die Pfeilschleuder und eine Flamme aus dessen Rachen traf die Mannschaft. Die Männer brannten lichterloh und schrien. Osween lachte höhnisch und lenkte seinen Drachen im engen Kreis um das Schloss.
Arnulf musste schnellstens dieses Inferno verlassen und rannte zu seinen Männern in den Wald. Er konnte nichts weiter tun, als zu warten.
Seine vier Gefährten sahen voller Angst in den Himmel. Sie hörten Osween nach Azerbur rufen. Dann raste wieder eine Flamme dem Boden entgegen. Der Zauberer blockte sie mit einem Gegenschlag ab. Der Drachenreiter hatte kurz einige Probleme sein Drachen unter Kontrolle zu bereiten.
Zu ihrem Erstaunen konnten sie sehen, das weitere Soldaten der Drachengarde auftauchten. Es war als ob der Zauberer ein weiteres Tor geöffnet hatte.
Sie formierten sich mit riesigen Schildern um den Zauberer herum.
"Ihre Schilder sind aus Drachenhaut", rief Harthmudt begeistert.
"So wird der verrückte Osween es wohl nicht schaffen", rief Hansen mürrisch. "Er ist auch bloß ein Angeber, glaube ich langsam!"
"Du meinst, ER hat ihn nur zum Zeit schinden geschickt?"
Hansen nickte nachdenklich. Die Tunnelkämpfer sahen die Fährtensucher zweifelnd an.
"Was meint ihr, werden wir hier für nichts unser Leben verlieren?"

Sie sahen so aus, als wurden sie auf der Stelle im Wald verschwinden, wenn ihnen die Antwort nicht gefallen würde. Doch wer sollte ihnen die Antwort geben? Gebannt schauten sie weiter auf das Schauspiel.
Die Nacht senkte sich dann über das Schlachtfeld. Flammen schlugen an mehreren Stellen aus Hagenars Schloss. Morgen würde es nur noch eine Ruine sein.
Harthmudt zeigte aufgeregt zu den wild lodernden Flammen.
"Da ist irgendetwas", rief er aufgeregt. Seine älteren Kameraden sahen zunächst nichts. Er hatte einfach die jüngeren Augen.
"Du meinst den Schatten?" Der Junge nickte. Auch Arnulf hatte nun auch etwas entdeckt. Also war das Ganze nur ein Ablenkungsmanöver für Nahseth.
Sie konnten die Rufe der Drachengarde hören. Ihre Formation geriet durcheinander.
"Was geschieht dort", fragte Hansen. Seine Augen waren nicht mehr ganz so gut.
"Nahseth ist gekommen", stellte der Freiherr leise fest.
Auch Azerbur bemerkte nun die Anwesenheit eines neuen Feindes in den Reihen seiner Soldaten. Er schrie wütend auf.
Der Drachenreiter flog einen weiteren Angriff. Einige Lanzen trafen dabei den Drachen, der aufbrüllte. Osween rief etwas in Richtung des Zauberers, der ihm einen bläulichen Feuerball hinterher warf.
"Leg den Pfeil auf", rief Arnulf nun dringlich.
Der junge Bogenschütze kam der Aufforderung hastig nach. Arnulf hob die Hand, der Schütze musste noch abwarten.
"Ziel auf den Hals des Drachen!"
"Nicht auf Osween", fragte der Junge irritiert.
"Tu es!" Arnulf hatte die Stimme erhoben.
Die Drachengarde wurde vom Nahseth schnell dezimiert. Sie hatten nicht mit einem Angriff in ihren Rücken gerechnet.

Azerbur hatte jetzt kaum noch Schutz vor dem Drachenfeuer. Er musste nun an zwei Fronten kämpfen. Das würde er nicht lange durchstehen.
Arnulf hoffte, dass er sich nicht wieder irgendwie davonstehlen konnte. Dann wäre alles umsonst gewesen.
Nahseth drang jetzt energisch auf den Zauberer ein. Gleichzeitig stürzte sich der Drachen auf ihn. Eine Flamme ließ den Umhang des Zauberers auflodern. Das lenkte ihn einen Augenblick ab. Der Jäger nutzte die Gelegenheit und erschlug Azerbur augenblicklich.
"Jetzt", rief Arnulf laut.
Der Pfeil schoss sirrend von der Sehne und fand Sekunden später sein Ziel.
Gerade jubelte Osween triumphierend, als er mit seinem getroffenen Drachen zu Boden stürzte.
Überrascht und verzweifelt schrie er auf. Er versuchte seinen abstürzenden Drachen noch zu landen. Doch seinem Reittier fehlte der Kopf. Unsanft schlug der Drachenreiter auf den Boden.
Sie rannten los. Arnulf erreichte nach wenigen Augenblicken den abgestürzten Osween.
Der sah ihn hasserfüllt an. Er röchelte laut und drohend
"Was hast du getan? Ich werde dich und deine Familie grausam richten!"
"Du bist wohl nicht der, für den wir dich alle gehalten haben", sagte Arnulf, obwohl er sich nicht ganz sicher war. Osween kam auf die Beine und starrte auf seinen toten Drachen.
"Welchen üblen Zauber trägst du in dir, Mensch. Wer kann zu so einer Schandtat fähig sein?" Er klang regelrecht verzweifelt.
"Ich kann keinen Drachen hier über Bergisch-Bachland fliegen lassen", sagte Arnulf abweisend. "Du hast doch selbst gesagt, sie sind unberechenbar und grausam!"
Osween hob langsam sein Schwert und stürzte sich mit einem markerschütternden Schrei auf den sterblichen Mann vor ihm.

Arnulf hatte Mühe sich der wütenden Attacke zu erwehren. Dann fühlte er eine Kälte hinter sich und blieb stehen. Auch der Drachenreiter hielt inne. Er verzog das Gesicht.
"Osween, ER will das du zurückkehrst!" Nahseth stand neben ihnen. Er wirkte im Augenblick beinahe friedfertig.
Arnulf konnte die in dem Jäger verborgene Kriegerin kurz sehen. Ihre Blicke trafen sich für Sekunden. Dem Freiherren lief ein Schauer den Rücken hinab.
Der Drachenreiter sah betrübt in die Runde und murmelte einige wütende Worte. Niemand verstand was er gesagt hatte, doch es spielte keine Rolle mehr. Osween begann zu verblassen.
"Das ist einfach nicht gerecht! Ich hole für IHN die Kastanien aus dem Feuer und was bekomme ich als Dank?"
"Hör auf jedes Mal so ein Theater zu machen, Osween", rief der Jäger ungeduldig mit seiner Grabesstimme. Es war als redete er mit einem ungezogenen Kind.
Arnulf empfand fast etwas wie Mitgefühl mit dem Drachenreiter. Auch er war nur eine Schachfigur, die bei Bedarf hin und her geschoben wurde.
"Ist es jetzt vorbei", fragte er Nahseth.
"Für dich wird es wohl noch nicht vorbei sein", antwortet der Schatten und Arnulf lief ein kalter Schauer über den Rücken. Was sollte jetzt noch kommen? Er brauchte dringend Ruhe und Zeit zum Nachdenken.
"Habe ich einen Wunsch frei?"
"Du hast die Ordnung wieder hergestellt, ER wird dir einen Wunsch erfüllen. Aber nicht den Üblichen!"
"Welcher ist denn der Übliche", fragte Arnulf überrascht.
"Ewiges Leben natürlich, " bekam er zur Antwort und der Freiherr hatte dabei das Gefühl, das der Jäger dafür kein Verständnis hatte.
Nahseth winkte ihm und sie gingen in Richtung Schloss. Auf dem Innenhof wurde ihm bedeutet zu warten.

"Er wird dich hören, aber komme ihm nicht zu nahe - das wäre dein Tod!"
Der Jäger hatte doch wohl eine Spur von Humor, fuhr es Arnulf durch den Kopf.

An die nächsten Minuten hatte Arnulf später fast keine Erinnerung. Eine tiefe Schwärze hatte von ihm Besitz ergriffen. Er wusste nicht einmal mehr, ob er seinen Wunsch geäußert hatte.
Als die beiden Tunnelkämpfer ihn auf die Beine hoben, sah er die Sterne über sich. Eine milde Nacht umfing sie. Die Feuer in dem Schloss erloschen langsam. Er bekam einen kräftigen Branntwein eingeflößt.
"Du siehst aus, als wenn du dem Tod in die Augen geblickt hast", sagte Hansen und grinste.
"Hat er auch", sagte Harthmudt hinter ihnen.
"Woher willst du Frischling das wieder wissen", knurrte der alte Fährtensucher böse.
"Ich hab ihn gesehen!"
"Hat er dich auch gesehen? Ich hoffe für dich, dass er dich nicht bemerkt hat!" Der Bogenschütze blieb unbeeindruckt, was man seiner Jugend anrechnen musste.
"Sieh einmal her, er hat noch mehr weiße Haare bekommen", rief Angus. Sie leuchteten mit einer Fackel.
"Oh Mann, du hast ihn wirklich schon wieder getroffen", sagte Hansen. "Also ich für meinen Teil, würde eine Begegnung mit IHM in einer warmen Nacht, mit einem schönen Sternenhimmel über mir für ausreichend finden", fügte er noch hinzu. Er schien bei diesen Worten einen bestimmten Gedanken zu haben.
Sie machten sich auf den Heimweg. Gelegentlich stießen sie noch auf den einen oder anderen Soldaten von Hagenar. Aber die

blieben friedlich, sie hatten die Schlacht verloren, der Kampf war beendet.
Arnulf sah kurz eine junge Frau zwischen den Bäumen. Doch er glaubte an eine Sinnestäuschung. Vielleicht hatte ER doch seinen Wunsch erfüllt?

Im Morgengrauen erreichten sie das Jagdschloss. Antje, die inzwischen hier angekommen war, weil Arnulfs Schwester sie gerufen hatte, war völlig außer sich, als sie ihren Mann sah.
"Du siehst furchtbar aus! Ich hab dir gleich gesagt, misch dich nicht überall ein!"
Sie brach in Tränen aus.
"Er hat IHN schon wieder getroffen", sagte Hansen leise.
"Und du konntest ihn natürlich nicht davon abhalten! Feine Kameraden hat mein Mann!"
Sie sah Hansen böse an. Der hob die Schultern, was hätte er schon tun können?

Der Tag war regnerisch und Arnulf lag auf einem Bett, das er vor einiger Zeit selbst gebaut hatte. Es fühlte sich gut an, fand er. Er legte sich bequemer hin und starrte an die Decke.
Er hörte unten im Schloss seine Frau rumoren und die Männer herumkommandieren.
Erst am Nachmittag sah er sich in der Lage aufzustehen. Er stand an einem intakten Fenster und sah hinunter zum Kreuzweg. In der Ferne konnte man Ylstenbyrg nur erahnen, die tief hängenden Wolkenschwaden verdeckten jedoch die Sicht. Arnulf hatte keine Erklärung dafür, aber er fühlte sich endlich zu Hause. Es war merkwürdig, aber daran gab es nichts zu rütteln.

Es war ihm klar, dass in den nächsten Tagen ein Bote erscheinen würde und er vor seinen König treten musste. Aber im Augenblick interessierte es ihn überhaupt nicht.
Hansen war damit beschäftigt sich ein Zimmer neben den Stallungen herzurichten. Auch die beiden Kämpfer von der Grenzwarte wollten hier bleiben. Das musste er noch mit Trömso klären. Er brauchte schließlich eine Wache hier. Aber das konnte noch warten.
Er suchte den jungen Harthmudt eine Weile und fand ihn vor der zerfallenen Mauer auf einem Baumstamm sitzend. Auch er sah in Richtung Ylstenbyrg.
"Ich möchte ein richtiges Handwerk lernen", sagte er zu Arnulf, ohne ein Zeichen, das er von seiner Anwesenheit wusste. Er starrte einfach in die Richtung, in der Ylstenbyrg liegen musste.
"Du bist einer der besten Bogenschützen, den ich kennengelernt habe in meinem Leben", antwortete der Freiherr.
"Irgendwann lassen die Augen nach und was kann ich dann?"
"Du hast Recht", lenkte der Freiherr ein. Mit ähnlichen Worten hatte sein Vater ihn dazu gedrängt ein Handwerk zu erlernen.
"Hast du schon eine Vorstellung, was du vielleicht machen würdest?"
"Ich möchte Häuser aus Stein bauen, so wie das Schloss von Hagenar!"
"Oho, du machst keine halben Sachen, was? Aber vielleicht kann ich dir dabei sogar helfen."
"Das würde ich Euch nie vergessen, Herr." Die Augen des Jungen leuchteten.
Er würde den Weg würde über den Kaltsee wählen, wenn er zum König gerufen würde. Und das würde nicht lange auf sich warten lassen. Er wollte auch sehen, ob sich seine Vermutung bestätigte, die er hegte. Vielleicht würde sich dabei auch eine Gelegenheit ergeben, dem Jungen zu helfen.

Arnulf fühlte sich am nächsten Tag schon etwas kräftiger. Seine Frau flößte ihm ständig heiße Brühe ein, so dass er sich nach einiger Zeit aus ihrem Sichtbereich entfernte, um etwas Ruhe zu bekommen.
Anka tauchte plötzlich neben ihm auf und betrachtete ihn besorgt.
"Du solltest langsam etwas kürzer treten", sagte sie leise zu ihrem erschöpften Bruder.
"Wie soll ich das machen, wenn scheinbar jeder im Diesseits und Jenseits meinen Namen kennt und weiß, wo ich zu finden bin?"
"Du hast wiedermal großes Glück gehabt. Das wird nicht immer so sein, daran solltest du denken!"
"Warst du nicht einer derer, die mich zu IHM, Azerbur und Osween geschickt hatten?" Er sah seine Schwester prüfend an.
"Ich weiß, dass der König mich rufen lassen wird", erklärte ihr Bruder dann gleichgültig.
"Morgen wird sein Bote hier eintreffen", antwortete sie im gleichen Ton.
"Dir entgeht wohl nichts in diesem Wald."
"Er wird wissen wollen, warum du das Schloss seines Bruders abgebrannt hast."
"Ich? Das war doch wohl Osween!"
"Und der König wird dir glauben?"
"Was soll er sonst machen."
"Sein Bruder ist bereits bei ihm."
"Und seine Frau residiert in einem Zelt am Kaltsee."
"Er ist unglücklich und wird dich für alles verantwortlich machen wollen."
"Soll ich ihm jetzt auch noch das Händchen halten, weil er für dieses Leben nicht geeignet ist?"
"Ich will nur sagen, sei Vorsichtig wenn du die Festung betrittst."

"Ich werde Hansen mitnehmen. Er wird auf mich aufpassen." Anka verdrehte die Augen. Sie hielt nicht sonderlich viel vom alten Hansen.
Dann entschwand sie wie sie gekommen war.
Arnulf ging langsam zu Hansen und sah sich in dessen notdürftig hergestellten Zimmer um.
"Es wirkt schon etwas wohnlich", kommentierte er Hansens Bemühungen.
"Ich brauche ein vernünftigen Ofen", erwiderte der Alte nur. Arnulf erklärte dem alten Fährtensucher, was am nächsten Tag geschehen würde.
"Wir brauchen ein Wappen", entgegnete Hansen, als habe er die Worte des Freiherren nicht vernommen. Er sah Arnulf erwartungsvoll an.
"Wo soll ich jetzt ein Wappen hernehmen?"
"Stell dich nicht so an, denk dir etwas aus. Einen Leitspruch oder einer Bild."
Antje kam hinzu. Sie hatte einen Teil der Unterhaltung mitgehört.
"Ein Berg muss darauf sein!"
"Und ein stattliches Tier", fügte Hansen hinzu.
"Ein Hirsch oder ein Bär."
"Ein Bär geht nicht, den hat Hagenar schon im Wappen, " erwiderte Arnulf etwas gereizt.
"Einen Schamanenstab! Du hast eine Schamanin und einen angehenden Heiler in der Familie!"
"Vergiss nicht den Sensenmann, ihr seid ja schließlich gute Bekannte", sagte einer der gerade dazu getretenen Tunnelkämpfer.
"Das Motto wäre dann, keine Dunkelheit ist zu Schwarz für mich", witzelte der andere Soldat. Hansen warf einen Hocker nach ihm.
"Aber seine Idee ist gut", erklärte er dann Kopf nickend.
Arnulf winkte entsetzt ab und verließ das Zimmer.

Mit solchen Sorgen wollte er sich nicht belasten. Er machte einen Spaziergang außen an der Mauer entlang. Er betrachtete missbilligend den bröselnden Putz und zweifelte, ob er seinen neuen Wohnsitz noch zu Lebzeiten in einen vorzeigbaren Zustand versetzen konnte. Vielleicht musste sein Sohn ja das Werk vollenden. Dann konnte er ja auch in der Nähe eine Heilanstalt erbauen wenn ihm das gefiel.
Aber trotz seiner unzähligen Sorgen fand er endlich die ersehnte Ruhe auf seinem Spaziergang.

Am nächsten Morgen zogen dichte Wolkenbänder vom Flachland auf die Berge zu.
Der Freiherr und seinen Männer nahmen ein karges Frühstück zu sich.
Die beiden Soldaten sollten ihn direkt begleiten, während Hansen mit dem Bogenschützen ihnen außer Sichtweite folgen sollten.
"Sie werden vielleicht versuchen mich umzubringen. Ihr werdet das vereiteln müssen!"
Hansen nickte. Harthmudt gab dem Freiherren einen kleinen Lederbeutel.
"Er hing heute früh an der Tür", sagte der Junge. Er war sichtlich neugierig, wartete aber ab. Arnulf öffnete den Beutel langsam und sah hinein. Ein Lächeln huschte über sein Gesicht.
"Nun zeig es uns schon", drängte Hansen ungeduldig.
Arnulf hob seine Pfeilspitze aus Lavagestein hoch.
"Du hast aufmerksame Freunde", kommentierte der alte Fährtensucher dies.
"So wird es wohl sein."
Arnulfs Frau war hinzugekommen.
"Was steckt ihr schon wieder die Köpfe zusammen?" Ihre Stimme hatte etwas Tadelndes.

"Dein Mann wird gleich abgeholt", sagte Hansen und sah Antje an.
"Das wirst du verhindern, Alter!"
"Der König wird mich zu sich rufen lassen", sagte Arnulf.
"Was will der alte Trottel nun schon wieder von dir", fragte seine Frau unbeeindruckt. Ihr fehlte jeglicher Respekt vor dem Königshaus.
"Ich habe das Schloss seines Bruders schließlich abgebrannt", sagte ihr Mann gleichmütig. Sie sah die Männer fassungslos an.
"Wie konnte das geschehen?"
"Na ja, dieser Drachen, war eigentlich schuld, " erklärte Harthmudt und bekam etwas Röte im Gesicht. Er wollte den Freiherren verteidigen.
"Was für ein Drachen?"
"Na der von Osween, der hat ihn zum Leben erweckt aber wir mussten ihm vorher das Drachenei aus dem Schloss stehlen", der Junge merkte selbst, wie dürftig das alles klang.
In diesem Augenblick ertönte ein Horn vor den zerfallenen Mauern des Jagdschlosses.
Vier Reiter kamen im Schritt auf den Hof.

Boten

"Das ist der Erste Sekretär", sagte Hansen leise hinter Arnulf.
"Er war der Erste Sekretär", berichtigte ihn der Freiherr.
"Ihm kann man nicht trauen!"
"Er war schon immer Hagenars Mann", flüsterte Arnulf während der Reiter von seinem Pferd stieg. Seine drei Begleiter blieben auf ihren Pferden und sahen finster auf die Männer hinab.
Der dürre Mann sah Arnulf unfreundlich an. Dann sah er sich kurz um.
"Das passt gut zu Euch, Fährtensucher", sagte er überheblich. Es sollte wohl geringschätzig klingen.

"Es freut mich, dass es euch gefällt, Bote! Aber sagt mir, was führt Euch von eurem Schreibtisch in die wüste Einöde der Berge", fragte Arnulf zuckersüß.
"Dein König verlangt nach dir, Fährtensucher", antwortete der ehemalige Sekretär schroff.
"Ihr könnt ihm ausrichten, ich war in der letzten Zeit etwas beschäftigt", sagte Arnulf und wandte sich zum Gehen.
"Du hast wohl nicht verstanden, er will dich sehen und zwar sofort. Du meinst wohl, mit deinem geschenkten Titel bist du etwas Besseres. Freu dich, so lang es noch geht. Du bist und bleibst ein Bauer! Und Bauern lässt er irgendwann hängen", sagte der dünne Mann hämisch.
"Für dich Freiherr! Ich werde dich wohl so lang auspeitschen lassen, bis du dies begriffen hast!" Arnulf winkte und einer der Tunnelkämpfer reichte ihm eine Peitsche. Die Begleiter des Boten sahen irritiert aus. Sie überlegten wohl, wie sehr sie bereit waren, sich für ihren Anführer töten zu lassen.
Der ehemalige Erste Sekretär wurde blass. Fast hätte er seinem Reittier die Sporen gegeben, dann besann er sich auf seine Rolle.
"Ihr werdet keinen Boten Eures Königs auspeitschen lassen", behauptete er mit Zuversicht, die aber nur gespielt war.
"Ich wusste ja nicht, dass du neuerdings für ihn Botengänge machst! Ich habe im Augenblick nur dein Wort!"
Die Begleiter des Boten sahen sich misstrauisch um. Sie befürchteten aus ihren Sattel gehoben zu werden. Das war nicht unbegründet, denn die beiden Tunnelkämpfer näherten sich ihnen bedrohlich. Antje machte einen bestürzten Ausruf. Arnulf war gerade dabei seines Reitpeitsche Angus zu übergeben. Er hielt inne und sah seine Frau abwartend an. Dann steckte er die Peitsche wieder weg.
"Also gut, meine Geschäfte führen mich sowieso zum Kaltsee", sagte Arnulf einlenkend.

Die Boten vor ihm atmeten auf. "Ich werde also ein Stück mit euch reiten."
Der ehemalige Sekretär sah ihn merkwürdig an.
Antje trat an die Boten heran. Die Reiter blickten überrascht auf sie nieder.
"Meine Herren, sie werden gut auf meinen Mann aufpassen! Ich möchte ihn einmal ohne Blessuren zurückbekommen!" Sie sah die Reiter so nachdrücklich an, dass diese schließlich nickten.
"Dann wäre das ja geklärt."
Eine Stunde später bestiegen sie ihre Pferde und machten sich gemächlich auf den Weg. Hansen und der Junge sahen ihnen schweigend hinterher, während Antje heftig zum Abschied winkte. Sie sah besorgt aus. "Ihr werdet doch auf ihn aufpassen", fragte sie Hansen. Der knurrte undefinierbar.
"Das mache ich schon so lange er lebt!"

Die Männer ritten schweigend die Bergpfade entlang. Arnulf suchte nach Zeichen von Hinterhalten. Er bemerkte bald, dass sie beschattet wurden. Er wusste nur nicht von wem.
Seine beiden Soldaten sahen sich ebenfalls wachsam um. Doch es geschah nichts. Es fand auch keine Unterhaltung mit den Boten oder dem ehemaligen Sekretär statt. Sie hatten nur denselben Weg.
Am frühen Abend erreichten sie den Höhenzug, der am Kaltsee vorbei führen würde. Arnulf wurde unruhig. Etwas würde demnächst geschehen. Er fühlte es regelrecht. Er tippte auf einen Hinterhalt, schnörkellos und einfach.
Im Abendlicht sahen sie die Baustelle, an der das Schloss erstehen sollte. Arnulf war überrascht, schon die Grundmauern zu sehen. Trotz der recht späten Stunde waren noch viele Arbeiter emsig beschäftigt.

Er sah das Zelt mit dem Wappen der Königin. Er sah auch das Banner von Hagenar. Genau das hatte er zu erfahren gewollt. Die Boten wandten sich zu ihm um, abwartend.
"Wir können weiter, ich habe gesehen, was es zu sehen gab", sagte er seelenruhig. Innerlich war er bereit sofort vom Pferd zu springen und in der sich ausbreitenden Dunkelheit zu verschwinden.
"Wir können die Nacht hier im Schutze der Königin verbringen", sagte der ehemalige Sekretär.
"Vor wem sollte wir uns schützen müssen, im Lande unseres Königs?"
"Vor wilden Tieren oder vor Wegelagerern", bekam er prompt zur Antwort.
"Gut, ihr verbringt hier die Nacht. Ich werde weiterziehen und in einigen Stunden auf dem Sonnenfeld ankommen. Ich sehe da kein Problem! Geht hinunter und ruht euch aus, ihr seid schließlich schon den ganzen Tag auf den Beinen!" Er winkte ihnen zu und trieb sein Pferd an. Natürlich folgten sie ihm weiter.
Schon nach wenigen Schritten ließ Arnulf anhalten. Er hatte eine Bewegung gesehen. Sie glitten von ihren Pferden. Kaum zu früh. Einige Pfeile zischten vorbei in die Dunkelheit. Im Wald wurden Fackeln entzündet. Das waren aber sicherlich die Lockvögel. Die Angreifer waren bestimmt schon auf dem Weg zu ihnen.
Er hörte einige Schreie getroffener Männer. Hansen und der Junge hatten eingegriffen.
"Wir bleiben zusammen", flüsterte er zu seinen beiden Begleitern. Er musste sie ruhig halten. Sie durften sich jetzt nicht verraten. Er wusste auch nicht ob seine Eskorte schon etwas kampferfahren war.
Arnulf konnte deutlich hören, wie Männer vorsichtig durch das Unterholz schlichen. Keiner kam ihnen Nahe.

Nach einiger Zeit zogen er und seine Begleiter hinab zur Baustelle. Die Männer folgten ihm wiederwillig, denn sie verstanden nicht, was er dort wollte.
"Was willst du dort, Herr", fragte Angus.
"Dort sind wir sicherer als oben im Wald", flüsterte er. Sie konnten sich abseits der Feuer unerkannt bewegen.
Der Geruch von Gebratenem drang zu ihnen. Arnulf zog es zur Baustelle. Dort würde es keine Soldaten geben.
Einige Arbeiter lagen in Decken gehüllt auf der Baustelle. Sie schliefen dort wo sie gerade noch gearbeitet hatten. Er sah keine bekannten Gesichter. Wer wusste schon, wo diese Männer in Arbeit gepresst wurden. Sicherlich waren einige Wanderarbeiter dabei, die am Großen Grauen geworben worden waren.
Die Arbeiter nahmen keine Notiz von ihnen. Gleichgültig drehten sie ihnen den Rücken zu.
Dann standen sie vor einem prächtigen Zelt. Da es ohne Bewachung war, vermutete Arnulf den Baumeister darin. Natürlich konnte er nicht sicher sein. Ehe er weiter über die Baustelle gehen konnte, trat der Meister persönlich vor das Zelt und betrachtete eine Weile den Fährtensucher. Er schien zu überlegen, woher er ihn kannte.
"Bist du ein Gefangener", fragte er Arnulf und lächelte ihn arglos an.
"Nicht das ich wüsste", entgegnete dieser überrascht.
"Willst du mich schon wieder befreien?"
"Möchtest du, dass ich dich befreie", fragte Arnulf grinsend. "Ich bin nur gekommen, um dich an dein Versprechen erinnern."
Der Baumeister nahm das etwas verärgert auf.
"Man braucht mich nicht an ein gegebenes Versprechen erinnern! Ich verfüge über ein vorzügliches Gedächtnis!"
"Umso besser. Aber eine Frage wird noch gestattet sein?" Der Meister nickte gnädig.

"Nimmst du auch einen Gesellen, hin und wieder?"
Eukidemosz wiegte den Kopf hin und her. "Bis jetzt waren alle unbrauchbar. Überhaupt kein Auge für Details. Eben verwöhnte Kinder von Reichen und Mächtigen. Ich konnte sie nicht an die Arbeit gewöhnen!"
"Das wäre diesmal anders. Arm, aber nicht auf den Kopf gefallen. Und die schärfsten Augen die mir jemals untergekommen sind!"
"Das hört sich immerhin nach einem interessanten Fall an. Ich werde dich in einigen Wochen einmal in deiner Ruine besuchen. Ich glaube du und deine Männer sollten jetzt gehen." Er nickte in Arnulfs Richtung. Dann drehte der Baumeister sich scheinbar gelangweilt herum und verschwand in seinem Zelt. Einige Wachen näherten sich und klapperten dabei leise mit ihren Waffen.
Arnulf zog sich leise zurück. Sie konnten jetzt zum Sonnenfeld aufbrechen.
Sie marschierten diese Nacht durch den Wald. Angus verlangte hin und wieder eine Pause. Die fielen aber kurz aus, denn der Freiherr wollte zum Tagesanbruch unbedingt die Burg erreicht haben. Dem alten Hansen schien dagegen der Marsch nichts auszumachen. Er trieb die beiden Soldaten sogar noch an.
In der Dunkelheit hörten sie hinter sich Geräusche. Also wurden sie verfolgt, wie Arnulf vorhergesehen hatte. Es kam nun darauf an, wer dem König als Erster seine Geschichte erzählen konnte.
Hansen blieb stehen. "Ich werde sie hier erwarten."
"Was willst du allein gegen die Männer von Hagenar machen?"
Der alte Fährensucher lachte. "Die sind blind wie die Maulwürfe, sie werden gar nicht merken was los ist." Er ließ keinen Widerspruch zu und verschwand wie ein Geist in die Dunkelheit.
"Gut, wir müssen weiter", flüsterte Arnulf. Angus und Rupert waren schon müde, aber Arnulf trieb sie weiter an.

Durch die Stille des Waldes hörten sie etwas später Rufe hallen. Männer schrien, Pferde wieherten. Hansen hatte sein Werk begonnen. Das könnte ihnen etwas Zeit verschaffen.
Sie erreichten nach Mitternacht die Lichtung vor der Festung.
"Mal sehen, wer die Nachtwache hat", sagte Rupert zu Angus. Sie schienen guter Dinge zu sein.
"Wir dienten hier einige Jahre, verstehst du", erklärte Angus dem Freiherren.
Sie schlugen vernehmlich gegen das kleine Nachttor. Die Luke wurde geöffnet und Rupert grinste. "Mach auf du alte Nachteule", rief er dem Wächter zu.
"Zeig dein Gesicht", rief der Wächter barsch durch die Luke.
"Es gibt hier zurzeit viele alte Geister. Untote treiben in den Wäldern ihr Unwesen. Du hast die Stimme von Angus, aber weiß ich ob du es wirklich bist?"
Arnulf drängte die Soldaten von dem Fenster.
"Dann öffne dem Freiherren von Bergisch-Bachland und zwar schnell!" Das wirkte überraschend schnell.
Die Tür schwang einen Spalt weit auf und Arnulf drängte sofort hindurch.
"Verzeiht Herr", sagte der Wächter. "Es sind merkwürdige Zeiten, es wurde sogar behauptet, dass der rote Drachenreiter Osween zurückgekehrt ist."
"Das war er auch eine kurze Zeitlang, Soldat", antwortete Arnulf kalt.

Brüder

Sie nahmen den direkten Weg zu den Gemächern des Königs. Nachdrücklich pochten sie gegen das Tor des Schlosses. Ein verschlafener Diener trat heraus.

"Was wünscht ihr zu dieser Stunde?" Er schien nicht die Absicht zu haben, die Nächtlichen Störenfriede einzulassen.
"Nicht dein dämliches Gesicht zu sehen", sagte Rupert ungeduldig. "Melde uns beim König, die Zeit drängt!" Die beiden Tunnelkämpfer machten betont finstere Gesichter. Widerwillig ließ der Diener sie ein und hieß sie in der Vorhalle warten.
Die Zeit zog sich hin, es wurde auch schnell klar warum. Der König hatte vier Soldaten seiner Leibwache dabei. Sie stellten sich neben ihren König, die Waffen in der Hand.
"Es gehen merkwürdige Gerüchte durch das Land", begann der König, er sah unausgeschlafen aus und hatte tiefe Falten im Gesicht. Er betrachtete nachdenklich Arnulfs Begleiter.
"Es war wohl ein Fehler, dich zu erheben", fügte der Herrscher von Bergisch-Bachland mürrisch hinzu.
"Herr, ich habe mit allen Geschöpfen, die ein Alptraum hergibt gerungen, um dieses Land zu retten. Das kann Euch wohl schwerlich verborgen geblieben sein!"
Der König sah ihn zweifelnd an.
"Mit einem barbarischen Akt habt ihr das Schloss meines Bruders niedergebrannt! Und das zum Nutzen meines Königreiches?" Der König schien wirklich erbost. Wenn es um seine Familie ging, verstand er keinen Spaß. Selbst wenn sein Bruder ihn bei jeder Gelegenheit enttäuschte.
Arnulf blieb gelassen.
"Euer Bruder hat sich ein weiteres Mal mit fremden Mächten verbündet, um die Herrschaft über dieses Land an sich zu reißen! Doch für diese Mächte war er lediglich ein kleiner Diener! Ich glaube jedoch, er hat das bis jetzt nicht begriffen!"
"Sprecht nicht so von Hagenar! Er ist nicht ein solcher Narr, wie du ihn darstellst", der König war ehrlich erzürnt.

"Dann fragt euren eigenen Zauberer, er muss die Anwesenheit Azerburs gespürt haben", antwortete Arnulf. Er wusste auch, dass der Zauberer des Königs selten in die Welt hinaus kam.
"Uralte Mächte wurden heraufbeschworen. Meine Männer haben gegen alle Kreaturen der Finsternis kämpfen müssen! Mir wurde Hilfe der Bergelfen zuteil, ansonsten würde ich wohl kaum hierstehen!"
"Mein Zauberer wird kommen und wir werden hören, was er dazu zu sagen hat!"
Der König entspannte sich und seine Wachen traten zwei Schritte zurück. Er goss sich etwas Wein aus einer Karaffe ein, die ihm gereicht wurde.
Einige Minuten später trat Brolingard, der Zauberer des Königs, ein. Arnulf kannte ihn und begrüßte ihn kurz. Sie hatten schon vor einiger Zeit in Wairnasund gemeinsam zu tun gehabt.
"Kannst du bestätigen, dass ein Zauberer hier in mein Reich eingedrungen ist", fragte der König barsch.
"Oh sicher kann ich das! Ich empfing so heftige Schwingungen, wie noch nie in meinem Leben!"
"Und warum habe ich davon nichts erfahren", fragte der König säuerlich.
"Herr, es waren heftige Schwingungen, die ich nicht deuten konnte. Aber ich spüre, dass der Fährtensucher darin verwoben war." Er wies eilig auf Arnulf.
Der König war unzufrieden mit dieser nichtssagenden Antwort.
"Ich frage mich, warum ich dich seit Jahrzehnten durchfüttere", sagte er zu dem alten Zauberer mit drohendem Unterton.
"Alle deine Warnungen kamen zu spät, soweit ich mich erinnere!"
"Herr, wisst ihr, wo euer Bruder sich im Augenblick aufhält?" Arnulf sah seinen König abwartend an.
"Er ist mir keine Rechenschaft pflichtig. Aber ich vermutet, ich werde es jetzt erfahren, ob mir das gefällt oder nicht!"

"Ich sah ihn heute Nacht am Kaltsee. Er war zu Gast bei Königin Sylvia. Dein ehemaliger Erster Sekretär war ebenfalls dort. Dort sollte mir auch eine Falle gestellt werden!"
Arnulf sah Wulfenghar gespannt an, wie er diese Nachricht aufnahm. Er rechnete sich viel aus, denn der Herrscher über Bergisch-Bachland war unausgeschlafen und gereizt.
"Ich weiß, dass du in beständiger Fehde mit ihm liegst, aber darum musst du mich nicht wecken! Und wenn du sein Schloss niedergebrannt habt, wirst du dafür selbstverständlich aufkommen!" Das war für Arnulf abzusehen gewesen.
Er lächelte fast, sein König sah ihn mit Befremden an.
"Osween der Rote Drachenreiter, hat dort gewütet. Meine Männer haben seinen Drachen töten können. Unser Land ist damit erst einmal nicht mehr in Gefahr!"
"Ich hätte gewusst, wenn mein Land in Gefahr gewesen wäre", erwiderte der König kühl. Er glaubte dem Freiherren natürlich kein Wort.
Ein Diener meldete in diesem Augenblick Hagenars Ankunft.
"Wir werden jetzt wohl die Wahrheit erfahren", erklärte der König und sah seinem Bruder mit verschlossenem Gesicht entgegen.
Hagenar sah übernächtigt aus. Er funkelte im Vorbeigehen Arnulf böse an.
"Mein König, Bruder - ich habe schwerste Vorwürfe gegen diesen Mann", Hagenar zeigte anklagend auf Arnulf. Er zog seine Handschuhe aus und es sah so aus, als wollte er sie in Arnulfs Gesicht werfen.
"Er ist in meine Gemächer eingedrungen und hat mich verhöhnt und bestohlen! Am Ende hat er sogar mein Haus niedergebrannt!"
Wütend baute er sich vor Arnulf auf und ballte die Faust. Sicherlich erwartete er von seinem Bruder und König, dass er den Fährtensucher bestrafte.

"Du hast dich wieder einmal mit den falschen Mächten eingelassen", antwortete der Freiherr kalt lächelnd.
"Was brachte dich dazu in das Schloss einzubrechen, wie ein Dieb", fuhr der König dazwischen. Er wollte sich ein Urteil bilden, denn beide Aussagen waren für ihn fragwürdig.
"Oh, wir mussten das Drachenei, das Hagenar in seinem Schlafzimmer versteckt hielt, in unsere Gewalt bringen. So konnte der Drachenreiter Osween gegen Azerbur kämpfen! ER hatte ihn geschickt! Nur wegen diesem Ei ist Azerbur gnädig zu euren Bruder gewesen. Er wollte es in Sicherheit wissen, denn es war das Einzige, das ihm gefährlich werden konnte!"
"Das stimmt nicht", rief Hagenar aufbrausend. "Ich wäre sein Heerführer geworden!"
Arnulf lächelte nachsichtig. Der Bruder des Königs hatte einfach ein schlichtes Gemüt.
"Und was wäre dann wohl aus dem Hüter des Tores geworden? Du hättest ihn nicht einfach beseitigen können, er ist schließlich nicht sterblich!" Aber auch darauf hatte der Königsbruder eine Antwort.
"Azerbur hätte ihn verbannt! In das letzte Ende der Ewigkeit hätte er ihn gestoßen!" Es klang kindlich trotzig aus dem Munde des Mannes, der eines Tages das Königreich erben wollte. Der König selber hörte ihnen mit unbewegter Miene zu.
"Bruder, sag mir, wie geht es der Königin dort oben im Wald? Ist sie wohlauf?" Hagenar sah ihn kurz verwirrt an. Er witterte Gefahr und zog es vor nicht zu antworten.
"Ich gehe davon aus, dass es ihr gut geht", antwortete er verhalten.
"Sollte ich jemanden hinschicken, um nach ihr zu sehen?"
"Du hast sie wohl eine Weile nicht mehr gesehen?"
"Einige Wochen, würde ich sagen", antwortete Hagenar mit einigem Unbehagen. Er wollte sich jetzt schnell entfernen, doch der König hob die Hand.

"Wir werden in zwei Stunden aufbrechen, um zu sehen wie es um das Schloss der Königin steht." Der König sah reihum alle eindringlich an, was wohl bedeuten sollte, das alle hier im Saal Anwesenden mit dabei sein sollten.
Er winkte einen Soldaten seiner Leibwache näher und sprach leise mit ihm. Hagenar bewegte seine Hände nervös. Er sah aus, als wolle er sofort aus der Tür stürzen.
"Du bist in Eile Bruder?" Der König sah ihn lächelnd an. "Ich will dich auf keinen Fall von deinen dringenden Geschäften abhalten." Er winkte mit der Hand in Richtung Tür.
Arnulf hatte das Gefühl, das sich etwas zusammenbraute.
"Man hole mir den ehemaligen Ersten Sekretär!" Ein Diener verließ umgehend den Raum. Alle fühlten, dass etwas Unangenehmes auf sie zukam. Der Freiherr blickte dem Herrscher gelassen entgegen. Wulfenghar spielt hier ein albernes Spiel, indem er tat als durchschaute er alle Zusammenhänge. Das konnte sich der Freiherr beim besten Willen nicht vorstellen!
"Er hat sich wirklich mit dem alten Teufel Azerbur zusammengetan?" Der König schien das immer noch nicht glauben zu können und sah Arnulf fragend an.
Arnulf nickte bedächtig. Der Blick des Königs blieb an seinem Zauberer hängen.
"Warum ist Azerbur nicht schon längst an Altersschwäche gestorben? Ich kann mich daran erinnern, ihn als kleiner Junge hier bei Hofe gesehen zu haben!"
Der Zauberer wischte sich nervös die Hände an seinem Umhang ab.
"Nun, es heißt in unseren Kreisen, er habe das Geheimnis des Ewigen Lebens entdeckt! Was natürlich nicht stimmen kann."
"Oh doch, " wiedersprach Arnulf. "Ich habe ihn im Kampf mit SEINEM Jäger Nahseth erlebt. Er hat ihn wohl ein Dutzend Mal getötet. Darauf sprach Azerbur davon, dass er so viele Leben in sich trug, das sie ewig weiterkämpfen könnten, ohne dass er sterben

würde. Es half nur die Kombination von Drachenfeuer und dem Jäger ihn zu töten. Vorher musste seine Drachengarde natürlich noch vernichtet werden."

"Die Drachengarde war auch dort", fragte der König entgeistert. Er schien in der Tat gänzlich uninformiert zu sein. Er warf einen unfreundlichen Blick zu seinem Hofzauberer. Seine Berater hatten sich schon unauffällig aus dem Staub gemacht.

"Er hatte wohl eine Möglichkeit gefunden, sie in der Zeit zu verstecken. Das behauptete zumindest Osween."

"Ich sollte dich die Weißen Fälle herunterstoßen und sehen, was dir dazu einfällt! Du alter Nichtsnutz, geh mir aus den Augen!" Der König schien sehr erbost über seinen Zauberer zu sein. Er bebte innerlich vor Wut.

"Wie geht es mit deinem Jagdschloss", fragte Wulfenghar den Freiherren nun im versöhnlichen Ton.

Er war wohl zu dem Schluss gekommen, dass sein einzig wahrer Verbündeter Arnulf hieß.

"Da ich ständig abwesend bin, geht es nur langsam voran."

Der König äußerte sich dazu nicht.

"Begleite mich zum Kaltsee", befahl er knapp und verließ den Raum. Seine Wachen folgten ihm.

Arnulf suchte seine beiden Begleiter und eröffnete ihnen, dass sie noch einmal an den Kaltsee reisen würden. Angus und Rupert nahmen es gelassen auf. Das war halt so mit den Launen der Herrscher.

"Da wird wohl jemand etwas Ärger bekommen", mutmaßte Rupert grinsend.

"Darüber solltest du dich nicht freuen. Wenn es Ärger in der Königsfamilie gibt, leiden immer die Untertanen", bemerkte Angus.

"Du meinst es gibt Krieg?"

"Im Augenblick hat Hagenar nicht die Kraft, gegen seinen Bruder anzutreten", bemerkte Arnulf. "Ich würde eher auf einen Assassinen wetten, wenn Hagenar zum äußersten getrieben wird."
"Wir sollen doch nicht etwa jetzt auch noch den König beschützen", rief Rupert empört.
"Er hat doch nur gesagt, wir sollen ihn begleiten", sagte Arnulf. "Ich gehe davon aus, dass wir von dort heimwärts ziehen."
Der Tross brach nach dem Mittag auf. Der König hatte eine stattliche Anzahl Reiter bei sich. Vielleicht befürchtete er insgeheim, dass seine Frau etwas gegen ihn unternahm.
Am frühen Abend erreichten sie den Kaltsee, mit seiner Baustelle. Einige Reiter kamen auf sie zu. Als sie den König erkannten stiegen sie ab und knieten sie nieder. Der König ignorierte die Männer und nahm Kurs auf das größte Zelt. Als die Dienerschaft die Fahnen des Königs erkannten brach Hektik an dem Zelt der Königin aus.
Der Herrscher warte auf seinem Pferd bis die Königin vor das Zelt trat. Sie schien etwas verwirrt und grüßte ihren Gemahl kurz und knapp, bevor sie ihn in ihr Zelt einlud. Sylvia wirkte sehr verunsichert.
Der König sah sich misstrauisch um und stieg langsam vom Pferd. Er winkte seiner Leibwache und auch Arnulf ihm zu folgen.
"Was sollen diese Männer in meinem Zelt", fragte Königin Sylvia empört protestierend.
"Ich möchte mich nicht gleich mit einem Messer im Rücken wiederfinden", antwortete der König knapp. Seine Frau rang nach Atem.
"Was soll das alles bedeuten, mein Gebieter?" Sie kniete sogar vor ihrem Mann. Doch der umging sie und betrachtete die Einrichtung des Zeltes. Er stöberte ziellos auf den Schränkchen und unter ihren Kissen.
Überrascht hielt er ein Buch in der Hand und hob es hoch.

"Willst du es mir wirklich so einfach machen", fragte er seine Frau. Sylvia sah ihn ängstlich an. "Was hast du mein Gemahl?"
"Ich habe hier eines der letzten Exemplare der berühmten " Einführung in die Beschwörungen des Totenreiches" von Azerbur in der Hand, " erklärte er etwas ungläubig. Er hielt das Werk angewidert in der Hand. Es sah aus, als wollte er es sogleich ins Feuer werfen.
"Dein Hofzauberer hat es mir geliehen", verteidigte die Frau sich, denn sie ahnte was nun kommen würde.
"Hast du Azerbur beschworen", fragte er seine Frau. Sie blickte stumm zur Erde. "Hast du?" Der König stellte sich vor seine Frau. Stumm verneinte sie.
Er ging wieder vor das Zelt und sah sich um.
"Wo ist mein Zauberer", fragte er einen seiner Wächter. "Er wird gleich bei uns sein, Herr. Sein Esel war nicht so schnell."
Ungeduldig stampfte der König mit dem Fuß auf. "Man hole mir diesen alten Trottel herbei, sofort!" Zwei Reiter stürzten sofort los.
"Was meinst du zu dieser Wache", fragte der König Arnulf. "Es gibt bis jetzt keinen Beweis, dass sie an diesem Aufstand gegen das Leben beteiligt war", erklärte der Freiherr diplomatisch. "Aber dieses Zusammentreffen der Ereignisse wäre ein wirklich merkwürdiger Zufall." Arnulf konnte keinen Nutzen für die Königin erkennen, wenn sie den Zauberer beschwören würde. Jemand musste sie auf die Idee gebracht haben.
Hinter ihnen brach ein kleiner Tumult aus. Der König sah fragend in die Richtung. Reiter brachten den Esel des Zauberers.
"Wo ist der alte Spinner", fragte der König barsch. Die Wächter verneigten sich vor ihm.
"Herr wir fanden ihn tot auf seinem Esel. Er hat ein Messer im Rücken!"

Arnulf konnte sich beim besten Willen nicht vorstellen, dass man Brolingard so einfach umbringen konnte! Er hatte schließlich mit ihm schon einige Abenteuer durchgestanden.
Der König schien von der Tat unbeeindruckt zu sein.
"Er sollte nichts zu diesem Fall sagen können", murmelte der König zu sich selbst. Der Fährtensucher sah sich unauffällig um. Sein Blick blieb an dem ehemaligen Ersten Sekretär hängen.
Er stieß einen der Leibwächter des Königs an. "Hol diesen Kerl da drüben her!" Der Wächter sah seinen König fragend an. Der nickte kurz.
Der schmale Mann drehte sich um und rannte los. Der König seufzte.
"Er hat dich schon immer gehasst", sagte Arnulf. Der König nickte.
"Seine Familie wurde von meinen Truppen damals aufgegriffen. Sie dachten, dass es SchwarzRote waren. Doch sie waren selbst vor den Aufständigen geflüchtet um bei mir Schutz zu suchen. Es war ein Versehen, habe ich später erfahren. Ich habe ihm deswegen den Posten des Ersten Sekretärs gegeben. Als Wiedergutmachung, aber er hat immer gegen mich intrigiert."
Die Wachen hatten den ehemaligen Sekretär bald eingefangen und schliffen den sich heftig windenden Mann hinter sich her. Sie stellte ihn vor den König hin. Der Herrscher sah in ein hasserfülltes Gesicht.
"Ich war mit dir immer wirklich nachsichtig", sagte der König mit bedauern. "Was hätte ich noch machen sollen, um dieses Missverständnis wieder gut zu machen?"
"Ich hasse dich, ich werde dich immer hassen! Nur diesen Fährtensucher hasse ich noch mehr! Er mischt sich ständig überall ein! Er verhindert, dass die Geschichte ihren Lauf nimmt! Aber beim nächsten Mal werde ich dich erlegen, du Emporkömmling!" Er starrte Arnulf mit zitternden Mundwinkeln an. Er schien kurz vor einer Explosion zu stehen.

Der König schlug ihm mit seinem Handschuh ins Gesicht. "Du bist nicht bei Sinnen, Mann!" Er sah den Mann streng an.
Der Sekretär quittierte das nur mit einem hysterischen Lachen.
"War es etwa deine Idee, Sylvia dieses Buch zu geben", fragte der König ernst.
"Das war doch ein guter Plan. Ihr hättet gelitten und ihr hättet nicht einmal sterben können, um dem zu entkommen. Ewige Pein für Euch. Du hättest zusehen müssen wie dein Reich von deinem unfähigen Bruder heruntergewirtschaftet würde. Was könnte schlimmer sein für dich, König!"
Der schmale Mann lachte irre. Sein Finger schoss auf Arnulf zu.
"Und du hast alles verdorben, Warum? Du hast keine Ahnung, was ich auf mich nehmen musste um das alles zu organisieren!"
"Hat Sylvia den Zauberer beschworen", fragte der König ungeduldig. Der Sekretär lachte überheblich. "Die Van Ylsten sind Einfältig wie Kinder sage ich dir, großer König! Man muss ihnen nur versprechen, dass sie bald reich und mächtig sind und sie laufen dir hinterher wie kleine Hunde!"
Arnulf stimmte ihm im Stillen zu.
"Denkt doch nur wie der Herzog Ylstenbyrg angreifen wollte. Dumm wie ein Haufen Kuhmist! Jeder hätte es besser gemacht, wirklich Jeder! Sogar dieser Fährtensucher hier", er zeigte abwertend auf Arnulf.
"Die SchwarzRoten unter Grossbart hätten euch alle damals von der Landkarte gefegt. Aber auch hier hatte wieder ein Van Ylsten seine Finger im Spiel! Damit war die Schlacht schon verloren, bevor sie richtig angefangen hatte!"
Ein Pfeil beendete den Redeschwall des Mannes jäh. Starr richtete er sich auf und fiel langsam zu Boden. Die Wachen umringten ihren König und hoben die Schilder zu seinem Schutz. Arnulf stand als gute Zielscheibe daneben. Er rührte sich jedoch nicht. Wenn der Schütze gewollte hätte, wäre er schon längst tot.

Die Männer den Königs schwärmten über die Baustelle aus um den Schützen zu finden. Es gelang ihnen natürlich nicht. In dem umliegenden Wald konnte man Problemlos eine Armee verstecken. Der König wandte sich unbeeindruckt wieder seiner Frau zu.
"Du wirst deine Sachen packen und dich sofort zum Sonnenfeld begeben. Dort werde ich entscheiden, wie ich mir dir weiter verfahre!" Er funkelte Sylvia wütend an. Sie sah ihn mit einer halb beleidigten Miene an und drehte sich brüskiert um. Sie hatte keinen Blick für den toten Sekretär.
Wulfenghar riss eine Fackel aus einem Halter und warf sie in das Zelt der Königin. Ihre Diener versuchten noch so viel wie möglich aus den Flammen zu retten. Doch ihr sollte nur wenig bleiben. Königin Sylvia hatte Tränen in den Augen und sah ihren Gemahl flehend an. Der bedachte sie mit einem verächtlichen Blick und stieg auf sein Pferd.
Arnulf machte sich zum Aufbruch bereit, er würde zum Jagdschloss zurückkehren. Seine beiden Begleiter trotteten hinterdrein.
Der Baumeister stellte sich ihm in den Weg.
"Heißt das, ich werde nicht bezahlt", fragte er den Freiherren anklagend. Schließlich hatte Arnulf ihn hierher gebracht. Am Ende forderte er noch von dem Freiherren eine Entschädigung!
"Wie soll ich dir das beantworten. Ich würde noch ein paar Tage warten, wenn du keinen anderen Auftrag hast. Der König ist wie das Wetter, mal so und mal so."
Eukidemosz sah ihn nachdenklich an. Es war wahrscheinlich ein lukrativer Auftrag gewesen.
"Du kannst ja auch bei mir ein paar Tage verbringen, bevor du weiterreist." Der Baumeister wandte sich zu seinen ratlosen Arbeitern zu.
"Sammelt alle wichtigen Werkzeuge und Zeichnungen zusammen, wir werden abwarten wie sich das hier entwickelt."
"Werden wir bezahlt werden", fragte ein Vorarbeiter.

"Ich will es stark hoffen", erwiderte der Baumeister düster. Die Wahrscheinlichkeit seinen Lohn zu bekommen waren im Augenblick doch sehr gering. Eukidemosz wusste das natürlich.

"Hast du dem Sekretär einen Pfeil in den Rücken gejagt", fragte Arnulf den alten Hansen, der sie am Waldrand erwartete. Der sah ihn an, als zweifelte er an dessen Verstand.
"Was könnte ich davon haben. Die königliche Dummheit muss wohl ansteckend sein, dass du jetzt auch schon an ihr leidest!" Er machte eine empörte Geste und drehte sich dann um.
"Last uns nach Hause gehen", rief er über die Schulter und schüttelte dabei seinen fast haarlosen Kopf. Auf was der Freiherr manchmal für Gedanken kam!
Sie suchten sich einige Pferde und machten sich auf den Weg zur Grenzwarte, über den Wipfeln des Waldes begannen die Sterne zu blinken. Die Nacht war hereingebrochen.
Es wurde Zeit, endlich einmal wieder in einem richtigen Bett zu schlafen.

Printed in Poland
by Amazon Fulfillment
Poland Sp. z o.o., Wrocław

90949943R00074